17音の青春　2022

五七五で綴る高校生のメッセージ

序に代えて

神奈川大学全国高校生俳句大賞専門委員会委員長
三浦大介

本書『17音の青春』も、これで二四巻目の刊行となった。これまで途切れずに、特にコロナ禍においても休むことなく出版できたのは、「神奈川大学全国高校生俳句大賞」に応募いただいた高校生の皆さんをはじめ、ご指導に当たられた高校の先生、俳句選者の先生方、出版社をはじめとして制作に携わった方々、そして読者の皆様との協働によるものである。まずはこの場をお借りして、皆様に厚く御礼を申し上げたい。

今年で二四回目となる俳句大賞選考会の応募状況であるが、応募総数一四八八三通、応募校数三四四校、新規応募校数一三四校で、いずれも歴代一位であった。予選において第一次的に選考いただいたのは、北川素月、清水青風、橋本直、原千代、村井丈美、若井新一の諸先生方であり、これまでにない数多くの作品を評価していただいた。

そして本選の選者は、宇多喜代子、大串章、長谷川櫂、復本一郎の諸先生方に加え、一昨年度まで本選選者であられた黛まどか先生に代わり、これまで予選の選考をお願いしていただいた恩田侑布子先生にお入りいただいた。今年も優秀作品が数多く残り、先生方を大いに悩ませたものと思われる。

コロナウイルスの感染が終わりを見せない、この社会的混乱が引き続く中においても、高校生たちは学校に通い、部活動に参加し、日常の生活を送っている。その中でさまざまに想い、悩み、泣き、笑い、感動する。それらが投影された彼らの俳句に、私たちは心を打たれる。作品の中には、思わず涙がこぼれてしまう、感動的な、あるいは切なさで胸がいっぱいになるものがある。読み手との間に大きな世代間格差がありながらも、このようにして彼らの感情を共有できるのは、五・七・五の言葉の持つチカラによるものにほかならない。

私たち神奈川大学は、皆様との協働によって、この営為を将来にわたり継続していきたいと考えている。「持続」していくためには、「進化」も必要である。これからも、より良い選考のあり方を模索しながら、読者の皆様にたくさんの感動を届けていく所存である。

選考委員から

句を覚えるということ

宇多喜代子

もう何年も前のこと、中国北部の砂漠のはずれに残る、古代の土木労働者のための食糧蔵の遺跡に行ったときのことです。友人と二人、縁のあった農科院の役人さんのおんぼろ車に乗せてもらって行ったのですが、行けども行けども人の暮らしゼロ、草木ゼロの砂漠状の平地に道らしきが一本あるのみ。そんな道のある個所に椅子になるような石が数個あり、ここで三十分ばかり待っていてくれ、この先の役所で用を済ませてくると車を降ろされました。しばらく石に坐っていたのですが、だんだん心細くなり、友人は大声で歌を歌い始めました。私は私で諳んじられるかぎりの俳句を大声で天に向かって叫ぶことにしました。こんなこと日本ではないことです。なぜか、最初の句は「柿くへば」でした。これは歌の友人が「あなたの怒鳴ってた俳句で知ってる句は最初の柿だけだった」と証言してくれました。

柿の次が何であったか、どんな句を叫んだのか、さっぱり記憶にないのですが、とにかく高校生時代から最近までに覚えた句が五七五、五七五と、とめどなく出てくるのです。

長い文章を記憶するということは、私にはできませんが、俳句ではできるということ、あらためてそのことを思いました。つまり俳句は言葉以前に五七五という形式がある、ということです。どの句も記憶しようとして覚えた句ではなく、いつしか形式に覚えさせられた句ばかりです。

約束通り帰りの車は来てくれましたが、私の砂漠体験はわが俳句人生にプラスでした。皆さまの将来にも、電気もない、スマホもない、身一つ、という日があるかもしれない。覚えた句はそんなときに役に立つかもしれません。

自分の声で自分の耳に伝える、そんな覚え方で覚えることです。主要季語の代表句を覚えてゆく。好きな俳人、古典的俳人の句を覚えてゆくなど、心身の柔軟な若いときに身につけておかれるといいと思います。

どうぞ、今後も学業の邪魔にならないように、俳句に励んでいただきたいと切望します。

砂粒の手にあたたかき異郷かな　　喜代子

宇多喜代子（うだ・きよこ）　一九三五年、山口県生まれ。大阪へ転居し、転入した府立桜塚高等学校時代より句作。「獅林《しりん》」へ入る。一九六九年、桂信子の「草苑《そうえん》」入会。「草苑」終刊後、「草樹」会員。著書に句集『りらの木』『夏月集』『象』『記憶』『宇多喜代子俳句集成』『森へ』、評論集に『ひとたばの手紙から』『古季語と遊ぶ』『名句十二か月』『里山歳時記』『俳句と歩く』『この世佳し桂信子の百句』など。二〇一九年に文化功労者に選出。

望郷

大串　章

私の俳句の原点は故郷・佐賀県である。敗戦の翌年（1946年5月）、満州（現中国東北部）から引き揚げて来た佐賀県の吉田村は、父の故郷で農業と窯業の村里であった。

中学生のころ私は肺浸潤にかかり、2年間休学したが、幸い完治することができた。そして自然に恵まれた環境の中で、囮籠を仕掛けて目白捕りをしたり、筌を川底に沈めて鰻捕りをしたりして楽しんだ。俳句は2年間の休学中に始め、傘寿を過ぎた現在も続けている。

やがて私は隣町の鹿島高等学校に進学し、文芸部に入部した。そして早速、文芸部の雑誌「城」に鑑賞文「佐賀県の俳句」を書いた。そこには原則として佐賀県の人々の俳句を取り上げたが、〈浮立見る神の留守なる広前に〉（高浜年尾）、〈濃娘等はげんげの蝶に顔あげず〉（富安風生）なども入っている。「浮立《ふりゅう》」は佐賀県の伝統行事、「濃娘《だみこ》」は陶磁器に絵付けをする女性のこと。因みに、高浜年尾は昭和28年に、富安風生は同30年に来佐しておられる。

私の第一句集『朝の舟』の序文に大野林火先生は「いうなれば望郷―望郷こそ、大串君が俳句に求めた青春の吐けぐちであったのだ。純粋抒情―大串君の句が初期から透明、混濁感を示さぬのもそのためであろう。」と書き、大峯あきら先輩は跋文に「私にはいま、大串章という作家の抒情の秘密が、にわかにはっきりして来たようだ。この人はどんな風景を見ても、いつも一人の望郷者の眼をもってするのである。望郷こそ実にこの作家の全作品の主題にほかならない。」と書いて下さった。私の俳句の原点を認めて下さったようで嬉しかった。
高校生の皆さんは今後、進学や就職により故郷を離れる方が多いと思いますが、決して故郷を忘れないでください。故郷はいつまでも皆さんを見守っています。

家郷の夕餉始まりをらむ夕桜　章

大串章（おおぐし・あきら）　一九三七年生まれ。大学時代、「青炎」「京大俳句」などに参加。一九五九年、大野《おおの》林火《りんか》に師事。一九九四年、俳誌「百鳥《ももとり》」を創刊・主宰。句集に『朝の舟』（俳人協会新人賞）、『大地』（俳人協会賞）、『山河』『海路』『恒心』、評論集に『現代俳句の山河』（俳人協会評論賞）など。朝日新聞、愛媛新聞俳壇選者。日本文藝家協会理事。俳人協会会長。

読んでつくる、ハダカムシ

恩田侑布子

突堤とミルフィーユ。ひとは二つの思いを抱いています。一つは未知の青空と大海原に向かってまっすぐ伸びていく堤のような感覚。一つは幾層もの薄い生地が積みかさなって口の中でほろほろとほどけ、溶ける感覚。なにかおわかりでしょう。時間への思いです。波しぶきの突堤に立っているのは高校生のあなた。甘いはずのミルフィーユに、ときに崩れやすい地層の褶曲のように苦々しく襲われるのは、還暦過ぎのわたしです。

裸虫ということばをご存知ですか。中国古典の『礼記《らいき》』では、人間を羽や毛のない三百六十種の虫のかしらに位置づけています。それを踏まえ、思想家の鶴見俊輔はこういいます。

　自分がやがて無一物でこの世を去ってゆくことを忘れたくない、（中略）いつどんな時にも、方向を見失ったハダカムシのようなものが、自分の内部に住みついていることを忘れたくない。

（『アメノウズメ伝　神話からのびてくる道』平凡社、一九九一年）

未知の打ち寄せる汀に裸虫は洗われています。そこに俳句が産声をあげます。狭い空気を読んでいる暇なぞありません。世界を読むのです。読解力は教科書を読むため以上に、人間を、歴史を、社会を読むために必要です。俳句も、また。芭蕉の〈あかくと日は難面《つれなく》も秋の風〉は、五十年後のあなたに、まったく別の表情をみせることでしょう。読むことにおいて、文法に沿った知的理解は土台に過ぎません。あなたという裸虫がそこにどう食い入ってゆくか。日々、力が試されています。試験だけがひとの力量を図ると思ったらとんでもない。校庭で筋トレ最中に見上げた夏空を肚に落とし込み、あなただけの雲の峰を、俳句という詩に立ち上げてください。ミルフィーユをチョコでコーティングしてはいけませんよ。

さらば少年薄氷高く日へ投じ　侑布子

恩田侑布子（おんだ・ゆうこ）　一九五六年、静岡県生まれ。俳人・文芸評論家。静岡高校時代より句作。早稲田大学一文卒。現在、「樸《あらき》」代表、現代俳句協会賞選考委員。評論集『余白の祭』でBunkamuraドゥマゴ文学賞受賞。翌年、パリ日本文化会館客員教授として、コレージュ・ド・フランスなどで五講演。第四句集『夢洗ひ』で芸術選奨文部科学大臣賞、現代俳句協会賞、桂信子賞受賞。編著に『久保田万太郎俳句集』（岩波文庫）。評論集に『渾沌の恋人《ラマン》　北斎の波、芭蕉の興』（春秋社二〇二二年四月刊）。句集に『イワンの馬鹿の恋』『振り返る馬』『空塵秘抄』。

真剣な悪戦苦闘こそ

長谷川　櫂

いつのころからか句集は逆に読むようになった。今届いた詩人那珂太郎（一九二二〜二〇一四）の全句集『空寂』（思潮社）でいうなら最終ページの〈水仙の香もほのかなり老の春〉から最初のページの〈むらさきの藤棚わびし故園《ふるその》は〉へさかのぼる。いいかえれば人生の最終点から駘蕩たる青春時代へとたどるのである。

ここから何が見えてくるか。まず青春時代はいくつもの可能性を秘めていること、そこから長い試行錯誤、いいかえれば悪戦苦闘の時代があって最晩年の境地へ向かう。途上、青春時代の可能性（選択肢）は徐々に捨てられる（あるいは立ち枯れとなる）。句集を逆に読むと、その人が捨て去ったまぶしい可能性に次々と出会うことになるだろう。

高校生という年代がそのどこに当たるかといえば、いうまでもなく青春時代、なかには悪戦苦闘の時代に入っている人がいるかもしれない。そこで大事なのは可能性の豊かさと悪戦苦闘の真剣さである。

高校生の俳句の選をするということは、応募された一人わずか三句からその人の秘めている可能性と悪戦苦闘ぶりを見極める作業にほかならない。決して上手い俳句、まして完成された俳句など求めてはいない。
最後に那珂太郎生涯の一句をあげておきたい。

白障子あくれば虚空へ通ふらし

半世紀後のこのような一句出現のためには今の悪戦苦闘こそ大事だろう。

長谷川櫂（はせがわ・かい）　一九五四年、熊本県生まれ。俳人。東京大学法学部卒業、読売新聞記者を経て俳句に専念。朝日俳壇選者、ネット歳時記「きごさい」代表、俳句結社「古志」前主宰。『俳句の宇宙』で第十二回サントリー学芸賞、『虚空』で第五十四回読売文学賞を受賞。句集『九月』『沖縄』『震災歌集　震災句集』『九月』、著書『子規の宇宙』『一億人の「切れ」入門』『俳句生活』『文学部で読む日本国憲法』『俳句の誕生』など。

コロナ禍の中の青春

復本一郎

世界中の人々を震撼させている新型コロナウイルスが蔓延してから、すでに二年を過ぎようとしています。高校生の皆さんが初めて体験するウイルス戦争ともいうべき未曽有の日常であることはもちろんですが、日本のみならず、全世界の人々が、かつて経験したことのない局面に立たされているわけです。人間の叡知が、いかにこの局面を打開していくか、全世界の人々が真摯に模索しています。

医学、薬学、政治、経済、法学、文学、それぞれの分野に携わるすぐれた才能に恵まれた人々のみならず、世界中の老若男女が一様に、それぞれの立場における対応を、日々、そして時々刻々、迫られていること、高校生の皆さんは、先刻、承知されていることでしょう。大変な極限状態の中で、高校生活を過されているわけです。この未曽有の状況の中で、否応無しに高校生活を過しているのは、皆さん以外にはいないわけです。従来の皆さんの先輩たちが過した高校生活とは、まったく別種の高校生活なのです。

皆さんの投稿作品の中には、そんな非日常的ともいうべき日常生活と対峙し、それを俳句という文芸に形象化された方も、少なくありませんでした。ある意味では、歴史に長く残っていく作品群でありましょう。皆さんでなくては作れなかった作品ですし、それゆえに貴重な作品なのです。応募作品の中から、左に五句選んで掲出してみます。

マスクにも裏表あり冬落葉
対面かオンラインかと迷う夏
海水浴つけっぱなしの青マスク
ハーモニー無人のホール響かせる
八月のＺＯＯＭ画面のにきびかな

いかがですか。共感されることでしょう。

ワクチンを萎びた腕に夏終る　鬼ヶ城

復本一郎（ふくもと・いちろう）　一九四三年、愛媛県生まれ。横浜翠嵐高等学校卒。早稲田大学大学院文学研究科博士課程修了。国文学者。文学博士。福岡教育大学助教授、静岡大学教授を経て、現在、神奈川大学名誉教授。俳句集団「阿《あ》」代表。俳号、鬼ヶ城。著書（含編校注）に『鬼貫句選・独ごと』『子規紀行文集』（以上岩波文庫）、『笑いと謎―俳諧から俳句へ―』（角川選書）、『俳句と川柳』（講談社学術文庫）、『正岡子規伝―わが心世にしのこらば』（岩波書店）など。公益財団法人神奈川文学振興会評議員。産経新聞〈テーマ川柳〉選者。

最優秀賞受賞作品

応募高校344校、応募数14,883通のなかから、
2021年11月8日に行われた選考会で決定した最優秀作品5作品です。

里舘園子

岩手県・水沢高等学校3年

永遠を探しぶらんこ漕いでいる

蓄音機の針の微動や星月夜

飛行機が飛ぶ凍星を揺らしつつ

（さとだて・そのこ）この度は素晴らしい賞をいただき、ありがとうございます。二年連続で最優秀賞を受賞できたこと、本当に嬉しく思います。私は、高校三年間を通して、十七音で自分の思いを表現する楽しさや言葉の奥深さを知りました。部員のみんなと毎日のように句を詠み合った時間は大切な思い出です。卒業しても俳句作りを楽しんでいきたいです。

作者のコメント動画

高橋 咲
岩手県・水沢高等学校3年

冬の星レスキュー隊の無骨な手
停電や布団が並ぶ体育館

特定のできぬ遺体や春の泥

（たかはし・さき）このたびはこのようなすばらしい賞をいただき、光栄に思っております。私は高校生になってから、俳句を作り始めました。俳句について一から丁寧にご指導してくださった先生方、園子さんをはじめとする共に句作に励んでくれた部員にこの場を借りて感謝を申し上げます。高校最後の大事な思い出になりました。ありがとうございます。

作者のコメント動画

横溝惺哉

宮城県・クラーク記念国際高等学校仙台キャンパス1年

秋天を突くバーベルを重くして
郭公のリズムバーベル持ち上げる

持ち上げてバーベル青く透く銀河

（よこみぞ・せいや）この度は最優秀賞をいただき、ありがとうございました。俳句が趣味の両親の勧めで、自分も小学生の頃から作り始めました。受賞した三句は、今年初めて高校の授業で習ったバーベルを持ち上げた時に発見したことを作句したものです。これからも心豊かに、多くの発見との出会いに期待しながら、俳句を作っていこうと思います。

作者のコメント動画

上原由衣

長野県・長野西高等学校2年

香水の瓶を並べたような街
赤本のページめくれば夜這星

スマホから広告溢れ終戦日

（うえはら・ゆい）二年生になってから俳句を始め、季節の移ろいや新しい季語の発見が楽しみになっています。自分が感じたことや好きだと思ったことを自由に表現できるのが俳句の魅力だと思います。ふとした時に感じた疑問や憧れが創作の原動力になっています。これからも自分のときめきを大切に、17音に昇華していきたいです。

作者のコメント動画

白石奈々

京都府・京都教育大学附属高等学校1年

外は雪ひとめひとこと死期迫る
冬の朝ひとりで逝った弟よ

まだ八つ寒くないかと遺影抱く

（しらいし・なな）この度は最優秀賞を頂戴し、ありがとうございます。このような栄誉ある賞を頂けたのも、京都教育大学附属京都小中学校・同高等学校の先生方のご指導の賜物と深く感謝しております。今後も、読む人の心に響く俳句作りを目指して、精進していきたいと存じます。
百年に一度の疫病が、早く退散することを祈って。

作者のコメント動画

第24回神奈川大学全国高校生
俳句大賞選考座談会

第24回の選考会は、2021年11月8日、
神奈川大学みなとみらいキャンパスで行われました。
宇多喜代子、大串章、恩田侑布子、長谷川櫂、復本一郎の
各選考委員があらかじめ最も推薦する５篇（最優秀作品）に◎印、
推薦する65篇（入選作品）に○印を投票。得票結果を各作品の下に明記しました。

選考委員の先生方。上右から、復本一郎、長谷川櫂、宇多喜代子、恩田侑布子の各氏。下、オンラインで参加した大串章氏。

選者からの
コメント動画は
こちら

特異な体験を詠む

1

外は雪ひとめひとこと死期迫る
冬の朝ひとりで逝った弟よ
まだ八つ寒くないかと遺影抱く

宇多○　長谷川◎
大串◎　復本◎
恩田○

復本　ただいまから、選考会に入ります。大串先生はZoomでご参加ということです。よろしくお願いします。

まず、われわれ選考委員五名が全員、最優秀作品あるいは入選作品に選んだ1です。最優秀賞候補作品に選ばれた大串さん、いかがですか。

大串　この三句、非常に心に響きました。弟さんが亡くなられた。一句目はもう間もなく亡くなられるとき。「ひとめひとこと」、忘れられない印象です。次に、冬の朝に亡くなられた。それも「ひとりで逝った」、これは本当に切ないですね。三句目は、亡くなられてしばらく時間が経ったころでしょうか。そういう期間を経て、弟さんに対する思いが心に響きます。一句一句もしっかりきちんとしていて、しかも三句あわせて読むと一層心に迫ってきます。

長谷川　八歳の弟が亡くなったという俳句の場面としてはやや特異です。「肉親の死」を詠んでいる。僕が感心したのは、この人は言葉の選択がしっかりしていること。誰でも「肉親の死」には巡り合います。しかし、日頃の鍛錬ができていないとろくな句ができない。この作品は、言葉が制御されていて、情に流されずにしっかりと作っているところが立派です。

復本　俳句とはかくあるべき、という句で、読む者の心を打つと言いましょうか、上滑りしていない。ずしんずしんと迫ってくる作品です。特に〈冬の朝ひとりで逝った弟よ〉の「ひとりで逝った弟」に作者の万感の思いが込められている。こういう句作りをする高校生はどんな高校生か。ぜひ会って言葉を交わしたいと思うような、非常に感動した作品でした。

宇多　これは体験としても、そうあるものじゃないですよね。ましてこういう小さいお子さんが亡くなられて、そのお兄ちゃんかお姉ちゃんがこういう句を作られた。二句目、三句目までは死期が迫るプロセスを見ているわけです。「弟が死んじゃう」と。その中の特徴的なことを三句にしているのだから、大変な構成の力もあります。

恩田　特異な題材の持つ切実さ、確かに非常に胸に迫ります。特に三句目の一息に読み下した呼吸は。しかし、私はこの句を最優秀賞には推しませんでした。表現ということからすれば、さらに上回る作品が他にあったからです。でも、これが最優秀賞作品であることに反対ではありません。

復本　この作者はたまたま俳句をやっていたということで、その特異な体験を十七音で見事に形象化しているということではないかと思います。

大串　この句は確かに特異な句かもわかりませんけれども、読む人にとってはもっと心に染みてくるのではないかなと思いました。この人の句の「まだ八つ」から、心に染みるいろいろなことを思い出される方もいらっしゃるのではないでしょうか。全体として何か心に迫ってくるものがありました。

宇宙的なスケールの表現

2
永遠を探しぶらんこ漕いでいる
蓄音機の針の微動や星月夜
飛行機が飛ぶ凍星を揺らしつつ

宇多○　大串◎　恩田○　長谷川◎　復本

復本　次に、四人の先生方が推薦された作品があと三作あります。一つ目は2です。

大串　一句目がこの句の眼目だと思います。ぶらんこを漕いで、いろいろなことを思うわけですが、その思いがはるか未来の方にどんどん伸びていく、そういうところがいい。二句目は、蓄音機の針の動きとそこから「星月夜」へ続いていく広がりで、そこに何かポエジーがあるように思いました。三句目の「凍星を揺らしつつ」に、ただ見ているだけではない心の動きも感じられて、広がっていく想像力、思いの広がりに引かれました。

長谷川　〈永遠を探しぶらんこ漕いでいる〉が、とてもよいと思います。作者は詩をたくさん読んでいる人、詩に関心がある人でしょう。だから、ぶらんこを漕いで、何かを、永遠を探している。自分でぶらんこを漕ぎながら、あるいは漕いでいる人を見て、「あれは永遠を探しているのだ」と思ったのが、この一句を成り立たせたと思いました。三句に共通して言えるのは、季語の「ぶらんこ」「星月夜」「凍星」を知識だけのものとして使っていない。思いを込めて、そこから広い世界へ出ていく。宇宙的なスケールがある。そこに伸びしろを感じるわけです。

宇多　私ははじめ、これを最優秀賞にしました。ところが、一句目と三句目の感性に比べると、二句目は俳句の形に馴染みすぎているような気がする。妙にうまいのですよ。このうまさがちょっと気に入らなかった（笑）。もちろん出来はいいですよ。異論はない。うまいでしょう、二句目〈蓄音機の針の微動や星月夜〉。

復本　うまいですね。

恩田　私も宇多先生のご意見にすごく共感します。本当にこの作者はうまい。言葉の斡旋とかが全て。三句目の「揺らしつつ」止めも、高校生がよくこんなことできるなというくらい巧みだと思います。
　この作者のよさは、長谷川先生もおっしゃったように、高校生の日常から一挙に時空や天体へ雄飛していくところ。句柄が大きく膨らんでいますよね。日常身辺詠ではなくなっていくところがすごい。もちろん「ぶらんこ」とか「蓄音機」とか、誰でも見上げる「飛行機」とか、そういうさりげないものから一挙に時空や天体を詠み上げてしまうという力量がなかなか素晴らしいと思ったのですが、なぜ最優秀賞に私が選ばなかったか。宇多先生のおっしゃったように、二句目、「あまりにも型通りの優等生的な素晴らしい句」のようなところがちょっとあるように感じたからです。
宇多　「蓄音機の針」の微妙な動きね。これに目を留めるのだから、何だろうね、この人。
復本　私はこれはいただかなかった。今、四人の選者のご意見を聞いていて、なるほどと。肯定の意味での「なるほど」ではなくて、現俳壇のプロの俳人の方たちはこういう傾向の作品を高く評価するのかと、一研究者として興味深く聞いていました。なぜ私はこれを採らなかったかを一口で言うと、「浪漫過多」。例えば「永遠を探し」とか、「針の微動や星月夜」、あるいは「凍星を揺らしつつ」とか、研究者の私から見ますと言葉が先走っている。この作者がロマンチストであることは分かるが、そのロマンが少し過剰に句の上に、あるいは表現に出ているのではないかなという感じがしたからです。もちろん記憶にはよく残っていた作品ではあります。

宇多　でも、使ってみたい言葉ですよね。「永遠」なんて、ある年齢《とし》が来たらもう恥ずかしくて使えない（笑）。

「無骨な手」のリアルさ

3
冬の星レスキュー隊の無骨な手
停電や布団が並ぶ体育館
特定のできぬ遺体や春の泥

宇多　　長谷川〇
大串◎　復本　〇
恩田〇

復本　次は3です。まず、最優秀作品候補として選ばれた大串さん、推薦の弁をお願いいたします。

大串　一つのことを詠んでおられるが、三句目の「春の泥」からすると、津波かそういう災害による状況を描かれたのでしょう。「レスキュー隊」とかそういう人たちが出動して援助に務めていることを三句にまとめられた。

一句目、レスキュー隊の働きを「無骨な手」がよく表していると思います。

二句目、体育館に布団が並んでいるということは、要するに体育館が避難場所として選ばれて、そこに被害に遭った人たちが集まってきているということ。これもまさに私の子どものころの体験の記憶と結びついてしまうのです。避難先の具体的なところが「布団が並ぶ体育館」でよく表れていると思いました。

三句目の、「特定のできぬ遺体」も本当に無残な感じがしますね。どこの誰か、名前も判断できないような遺体なのか。全体として心に染みました。

恩田　私は〈冬の星レスキュー隊の無骨な手〉が特にいいと思いました。大串先生もおっしゃったように「無骨な手」がとてもリアルで効果的です。空には「冬の星」が冴えわたり、地にはなすすべもなく救助を待つ人々がいる。臨場感というのか、そのときの状況をよく映し出している表現だと思って感心いたしました。

ただ、その次の二句が、いま一歩という印象でした。〈停電や布団が並ぶ体育館〉、確かに即物的に乾いたかたちで書かれていますが、やや平凡かもしれません。三番も「特定のできぬ」の措辞がやや概念的です。その場にいたのなら、何かもうちょっと肉体感、身体感覚のある措辞に変換できなかったのかと、多少、隔靴搔痒の感がいたしました。

この方の句も、最初に挙げた1の作品、弟さんの死に遭遇した方のように、いわゆる題材というか、状況自体が胸に迫ってくる句ですね。この災害は、洪水でしょうか。静岡県に住む私としたら、この間の伊豆山の悲劇を思いますが、そういう災害の非常事態そのものが胸に迫ってくるのであって、俳句の力としては入選作として推したいです。

長谷川　東日本大震災を詠んでいる句だとすれば十年前のことですから、今の高校生が七、八歳のころ、あるいはもっと若く、子どものころに体験したのかもしれない。中では「特定のできぬ遺体や」がいい。

宇多　これはいいよね。

長谷川　いいと思うのだけど、この詠み方は、例えば照井翠さんたちがもうやり尽くしている。

宇多　それはこの作者は知らないでしょう。

長谷川　知らないけれども、これはもう超えてきたところなので入選作品候補にしました。1の作品との比較で言うと、「弟が亡くなった」という句は自分の生の体験で、それを言葉でどう受け止めるかという問題だけど、こちらは言葉の生まれ方がちょっと違うのじゃないかな。

宇多　それは「春の泥」で感じたわね。ここまできて、「特定のできぬ遺体や」って、なるほどと思うわよ。ここにあなたたち、「春の泥」を持ってくる力がありますか。

一同　（苦笑）

復本　恩田さんから、「たまたまそういうふうなことに直面したからこういう作品ができた」というようなご意見がありましたけれども、直面したって、できない人はできないですね。

宇多　できないわね。

復本　それをこのように的確に表現した。七、八歳の少年、あるいは少女だったとしても、強烈に印象に残ると思うのですが、この人が記憶のどこか奥のほうにあったものを探してきたらこのような三作品になったということだと思います。特に〈特定のできぬ遺体や春の泥〉は本当に経験したことだから、幼い少年、少女でも、おそらくそのむごさみたいなものがどこかに記憶として残っていて、こういう作品が出来上がってくるのではないかと思いますので、入選作としては強く推すところであります。これに入れていらっしゃらない宇多さん、いかがですか。

宇多　「春の泥」というところ、普通だったら「星月夜」とか、そういうのが来そうでしょう。でもここで「春の泥」を持ってきた手柄がすごい。入選作とするのに異論はないです。

大串　私は下五の「春の泥」を見て、あ、この遺体は土砂に埋もれたか。流されてきた土に埋もれたかと思った。悲惨な場面が、具体的にこの「春の泥」と「遺体」の結合によってイメージとして湧いてきたというのが私の実感です。

宇多　この「春の泥」は実物の春の泥で、「春の泥」の季題の本意とはちょっと離れている。だから本当の「春の泥」であって……。

大串　もちろんそうですが。多分、「泥」だけでも作者としてはいいと思ったのでしょうけれども、俳句は季語を入れないといけないという考えを持っておられた方だと思うのです。

復本　「無理やり季語を入れなきゃ」ということではなくて、やっぱり「三・一一」という強烈な「春の意識」があったのではないか。ですからごくごく自然に「春の泥」が。

大串　ただ、一句目、二句目が冬の句です。（季語は）「冬の星」であり「布団」であり。ところが、三句目だけが春の句になっているので、ここは少し違和感があるかもしれませんし、逆にちょっと深読みかもしれませんが、レスキュー隊の上に輝いている冬の星、あるいは布団がたくさん並べてある、こういう冬の事項に対して、しばらく日にちが経ってから遺体が見つかったということで「春」と置いたのか。いずれにしても、「春の泥」が遺体と結びついているという感じがいたしました。

長谷川　もしかすると東日本大震災のことじゃないかもしれない。毎年起こる洪水ということもありうる。

体育会系のバーベルを詠む

4　秋天を突くバーベルを重くして　宇多◎　長谷川
郭公のリズムバーベル持ち上げる　大串◎　復本○
持ち上げてバーベル青く透く銀河　恩田◎

宇多　これは分かりやすい句で、時々ちょっと工夫したような言葉が入っている。三番目の「青く透く銀河」はいただけないけれど。バーベルを一生懸命やっている現場ですね。それだけがよかった。先ほどの二作品に比べると、この一連には悲壮なものが全然ない。そういう意味ではいいじゃないですか。バーベルを重くして「よいしょっ」と挙げて、なんて。

復本　青春ですね。

宇多　うん。そう。

大串　これはバーベルをテーマにしていますが、2や3の句とは作り方が全く違うのですから、俳句というのは一つの知識だけで作るとか、一つだけに固まるのではなくて、全く違う作り方もできるというのも、われわれはよく理解しないといけないと思います。だから、作者のそれぞれの作品を読んで、「俳句の世界は広いな」ということを読む人も感じてくれるのじゃないかな。この句、特に人生的な重みとかは感じないけれど、こういうのも俳句の世界にはあっていいと私は思います。

恩田　実は、全ての作品の中でこれがイチ推しで、大好きな作品です。他の句って、いかにも文芸部とか俳句部とかの子がうまく作ったという感じがしますけど、この人はそうじゃない。普段はバーベル、重量挙げの「重量」と放課後に格闘している。そのたくましい健康な人が、こういう三句の連作を詠むということにまず圧倒されました。

一句目が特にいいと思った。〈秋天を突くバーベルを重くして〉。「秋天を突く」ってよく言えるなあ。それも「バーベルを重くして」、つまり今さっき挙げたのよりさらに重くして、また、抜けるような青空に向かって「うーんッ」と突き上げたのだというところ。間然するところがない表現です。実体験の強さと表現とが一枚になった雄勁さに脱帽します。

二句目は〈郭公のリズムバーベル持ち上げる〉で、「バーベル」に「郭公」と来たところで、にわかに山の林間のイメージが二重写しに映り込んで句が膨らみます。すがすがしい、まさに「十代の健康」を感じました。〈郭公のリズム〉って、十代でなければ言えないでしょう。

三句目、〈持ち上げてバーベル青く透く銀河〉も素晴らしい。自分の肉体と天の川銀河が一本のバーベルを通してつながるという。文学の言葉だけの美しさではなくて、体育会系のからだの底から幻想を立ち上げている。そこに新し味を感じました。
三句とも粒ぞろいで、個人的には「大天才登場」、特異なところから新しい大きな才能が登場したという印象を持ちました。なにより清冽な勢いに圧倒されました。

復本　恩田さんの力説を聞いていると、三島由紀夫の世界がちらちらと頭をよぎるのでありますが。

恩田　私は田中英光の『オリンポスの果実』をちょっと思い出しました。

復本　高校生活でクラブ活動の一コマをバーベルというものを通して的確に表現していると思いました。一つのテーマで連作というのは全体的には少ないけれども、これは「バーベル」という一つの運動具を対象に三句まとめたというところにも共感が持てたところでありました。

長谷川　体育会系というか、運動部、多分、ウエイトリフティング部のようだけど、ウエイトリフティングの人って俳句はやらないと思うんだ。

宇多　分からないですよ、そんなこと。

長谷川　そうだけど、ちょっと妙な感じを持ったのです。体育会系と俳句がグロテスクにくっついている感じがして、僕は採りませんでした。言葉の質はそろっているし、文学と体育会系の重量挙げと両方に関心のある人かもしれないけど、ちょっと中途半端な感じでしたね。

宇多　これまでだって、毎回、スポーツを詠んだ句は出ています。柔道は毎回出てくるね。

復本　剣道も。

宇多　でも、この二十何回の中で「バーベル」は初めて。ちょっと珍しい。

知の俳句と分かりやすい俳句

5

呼び捨てで呼ばれ振り向く宵祭　宇多

気まぐれな君に愛されてるバナナ　大串◯　長谷川◎

生食パン黴ぬ仏映画の寡黙　恩田　復本　◯

長谷川　二句目〈気まぐれな君に愛されてるバナナ〉に◯をつけている。女の子がバナナを食べているところを見て、ややエロティックな想像をしていると読ませようとしている。そのところは評価しました。ただ、一句目はよくありそうな句作りだし、三句目は何を言っているのかよく分からないので、どちらも感心しませんでした。

宇多　「生食パン」は生の食パンね。「黴《かび》ぬ」と読むんでしょうね。

復本　そう。「生食パンの黴」と「仏映画の寡黙」。硬いフランスパンとの対比で生食パンを持ってきたのでしょう。

大串　これはいわゆる生食《せいしょく》パンだと思います。生《なま》のまま食べることを生食《せいしょく》と言うでしょう。「生食パン黴ぬ」はよく分かりますが、「仏映画の寡黙」との取り合わせがちょっと分かりませんでした。そういう意味で、誰にでもよく分かる一句目にひかれて、入選にしました。宵祭で呼び捨てで呼ばれ、「あ、友だちだ！」と振り返っている。

復本　「呼び捨てで呼ばれ振り向く」は、よくあるのじゃないかな。〈気まぐれな君に愛されてるバナナ〉は面白い。〈生食パン黴ぬ仏映画の寡黙〉は、仏映画の愛好者が「自分はフランスパンは少し苦手で、生食パンを愛好しているけれど、生食パンを黴させてしまった」というようなことだから、「知の俳句」かな。

この作品に点を入れられなかったのが宇多さんと恩田さんですけれど。

宇多　生食パンが黴るということと、仏映画の寡黙、この二つがあって、これが一つになっている。三句の中では、復本先生はこれがいいですか。

復本　面白いのではないですか。

宇多　「呼び捨てで」の句は悪くはないのだけれど、ちょっと平凡。「平凡」が足を引っ張ったか。

復本　その句は和歌的な感じがしますね。

大串　最近の俳句はだんだん難しくなってきていて、俳句は知識で成り立っているように思う人が多くなっていますが、ややついて行けないところがあります。そこまで行くと他の短詩形のポエム、詩などに完全に後れを取ってしまうわけで、俳句というのは庶民が生きている実感で詠っていくというところに根元があるような感じがします。こういう分かりやすい句にも目を注ぐ必要があると思いました。

復本　子規が好きな蕪村がいまひとつ人気がないのを、子規は「蕪村の知の世界をあまりにも理解していないからだ」と言っていますけれど、その辺、難しい。俳句はやっぱり知的な世界があっていいわけです。あるいは今、大串さんが言われたように「非常に素直な世界」というのももちろんあるべきだと思います。

大串　もちろん知は大事です。知がないと全くの時代後れの文学になってしまうけれども、知を俳句の表面であまり表すのは何となく違和感があるのです。

宇多　でも、落選にした句はほとんど分かりやすい句ですよ。分かりやすいが故に落としている。だから、そこのところが非常に難しい。

復本　難しいですよね。入れていらっしゃらない恩田さん、いかがですか。

恩田　はい。私は「呼び捨て」の句にちょっと印を付けてあった。すごく素直で、高校生らしくてかわいいなと思ったから。でも、賞にはどうかな。既視感とか類句が多いでしょう。統一感のなさ、一番と三番とは全然違う作り方をしているという感じが拭えないので、私としては入選に推したいです。

宇多　「仏映画の寡黙」は、この子の見た仏映画を表しているのね。

恩田　少し頽廃的な雰囲気は出ています。

6

香水の瓶を並べたような街
赤本のページめくれば夜這星
スマホから広告溢れ終戦日

宇多
大串
恩田○
長谷川○
復本◎

詩的な作品の批評精神

復本　三人が推しているもう一つの作品です。三句とも詩的な作品です。もちろん俳句も詩でありますけれども、その中でも特に詩的な作品であるというところが非常に面白い。

一句目の「香水の瓶を並べた」というイメージは普通の人では出てこない。二句目は、受験参考書の「赤本」から、ふっと「夜這星」にいく。これもやはり詩的発想ではないか。三句目の「終戦日」という大きな季語。「スマホから広告溢れ」ということから、終戦日に対する人々の中の危機感の欠如のようなものが窺われます。この感性を私は高く評価をしたいと思います。

恩田　実は、最優秀作品か入選か、最後まで迷った作品でした。他の句にない、この人のよさ。一番と三番の句に窺えるのは批評精神だと思います。恐るべき十代です。この方は香水の瓶を並べたようなきれいな、体温のない美しい銀座のような街に憧れているのではなくて、むしろ風刺しています。一種の現代批評になっています。「こぎれいなこと」という皮肉を込めて〈香水の瓶を並べたような街〉ではないかと言っているところがすごい。驚きました。

そして三番目の句。敗戦とか終戦の「八月」の句はたくさんありますが、これはさすがに十代の感性で、「終戦日にスマホから広告が溢れかえっているよ」と言っている。現代文明批評の健在さと言うのか、クリティシズムの句として、他の句にない貴重さを感じました。この人にはオリジナリティーがあると思います。

長谷川　〈香水の瓶を並べたような街〉は、ガラスのキラキラした街を思い浮かべるけれど、なぜか空虚な感じがする。そういう街の取り繕った感じの、華やかだけれども、空虚、そこを描こうとした句ではないか。「スマホから」の句も、終戦の日でさえスマホから広告が溢れているじゃないかという欲望にまみれた戦後社会をちょっと皮肉っている。二番目の句はよく分からなかった。

宇多　三番目の句、「終戦日」を「敗戦日」にしてごらんなさい。誰も採らないと思う。終戦日と敗戦日の大違いなところがここに出ている。「終戦日」というのは淡いのです。

大串　非常に才能のある人ですね。一句目にしても、イメージが新鮮、斬新です。瀟洒な感じもあって、匂い立ってくるような句だと思います。三番目の「スマホ」の句からも、現代と、遥か七十数年前の終戦日を併せて描いているところ、取り合わせの妙も出ているし、非常に才気溢れる句だと全体に思いました。「赤本」を「夜這星」に結びつけるところ、確かに憶測を突くような感性が感じられていい。

ただ私が採らなかったのは、この句が、ひところの戦後数年の間の現代詩の行き方に非常に似ているから。私も憧れるように現代詩を読んでいたのですけれども、それと同じような方向に俳句が行っていいのか。ちょっと思い過ぎかも分かりませんけれども。

宇多　「夜這星」という星があるの?

長谷川　流れ星のことです。

宇多　ああ、「夜這星」が季語で、それは流れ星のことなのか。初めて知ったわ。

大串　それをあえて「夜這星」と言ったところで、〈赤本〉と結びつくわけですね。

宇多　星が流れて落ちちゃうのか（笑）。

気になる作品

復本 これで六作品の検討が終わりました。他に強く推したい作品があれば挙げてください。私が気になったのは、牛を飼う農家を詠んだ一連の句です。〈温もりを牛からもらう冬の朝〉〈牛舎での疲れを癒す冬銀河〉〈自家製の雄鶏囲むクリスマス〉。一句目、二句目のほわっとした温もりの世界から、三句目で短編小説を読んでいるような転換があって、面白い。しかし一方では、こういう素材の作品が高校生に多いのかなという気もしております。

恩田 私は〈鉛筆の掠れる音や冬に入る〉〈春深し誰にも媚びぬ犀の角〉〈冬林檎あの子に電話する勇気〉の作品を最優秀賞に挙げたいです。三句とも粒が揃っていると思います。一句目は、受験シーズンが到来したという緊張感が中七に十全に表現されていて、いかにも真面目な高校生らしいなと、好感を持ちました。特に素晴らしいのは二句目です。欲望に打ち勝っていく修行者の清廉なイメージが原始仏典に書かれた「犀の角」。この人は「犀の角のように一人行け」という釈尊のことばを知っているのでしょう。それを踏まえてさらに思いがけない詩的飛躍を遂げます。「誰にも媚びないところ、右顧左眄しないところに春の深さがあるんだ」と呟きます。これには参りました。三句目は一転してかわいい側面も出してくれた。好きな人に電話する勇気がこの子には多分ないだろうと思わせます。冬林檎のフォルム、赤さだけが清潔な余韻として残るという、優れた三句だと思いました。

清冽で豊穣な感性

7

春泥をひらりスケートボードかな

夏の星目に焼き付けて書く星座

一滴の清水のような言霊よ

宇多◎　長谷川◎
大串　復本
恩田

復本　7の作品を宇多先生と長谷川先生のお二人が最優秀作品に推しておられます。

宇多　〈春泥をひらりスケートボードかな〉、これは明らかに春泥ですね。

長谷川　オリンピックでも注目されたスケートボードの場面をきれいに描いているという感じですか。僕は〈一滴の清水のような言霊よ〉を戴いています。「言霊」はよく使う言葉だけど、どんなかたちをしているのか誰も知らない。それに清水の一滴という形を与えたところ、清冽な感じがする。

十代の清々しさ

8

連れてこいレモン畑に夏の月　宇多　長谷川○
水蜜に蠅の舌這う夏の暮れ　大串　復本
稲穂らと夕日の道を歩みおり　恩田◎

恩田　私、この作品も強く最優秀賞に推したいです。長谷川先生は入選で推しておられます。感性の豊穣さに幅がある作者で、人間的な豊かさを感じました。「連れてこい……」の句、葉陰にはまだ青いレモンが実っている畑に、レモンよりも一層涼しい夏の白い月を連れてこいという、この命令形の気持ちよさが出色です。まさに十代の清しさを感じます。二番目の句は、その清しさとは違って幅の広さを見せてくれた。〈水蜜に蠅の舌這う夏の暮れ〉で、これは「白桃」ではなく、「水蜜」としたところに語感のよろしさをまず感じました。「蠅の舌」まで見た写生の細やかさ。目がよく利いています。その気怠さの感覚、これこそ懈《たゆ》げなエロティシズムの伴う不思議な高揚感です。「夏の暮れ」という座五の止め、季語の斡旋にも非常な安定感があって、うまい。三番目の句は〈稲穂らと夕日の道を歩みおり〉。意外にも稲の名句って少ないでしょう、私たちは稲作農耕民族なのに。

この作者はそういうことに臆せず、日本人に身近過ぎてかえって詠みにくい季語「稲」を、真っ向勝負どころか楽々と自分と一体化してしまっています。非常におおらかな呼吸です。「稲穂らと」、自分と稲穂が一体になって夕日の照る豊穣の道を歩んでいくんだとは、なんと深々と豊かな句だろうと思いました。

長谷川　一番目の句は新鮮で迫力がある。

最終選考

復本　では、ここからは絞り込んでいきます。まず、1は全員が入れている句ですので決まりです。四人が推している2、3、4、これも決まり。

宇多　いいのではないですか、同じようなタイプの句になっていないから。

復本　残る問題作は三人が推している5〈生食パン黴ぬ仏映画の寡黙〉か、6〈香水の瓶を並べたような街〉かです。どちらを残すかというよりも、どちらを採るかということです。

宇多　「香水」のほうがいいような……。

復本　僕も「香水」のほうが特異な作品という感じがして、いい。

長谷川　僕もそれで結構です。
大串　ちょっと残念ですが、私もそれで結構です。
復本　では、入選五作品は決定しました。１「外は雪……」他、２「永遠を……」他、３「冬の星……」他、４「秋天を突く……」他、６「香水の瓶……」他です。この五作品を最優秀賞作品として決定でよろしいでしょうか。
長谷川、大串　はい。結構です。
宇多　これ、高校生が読み、受賞作品の傾向と対策を講じるわけですよ。ただ、抽象的な言葉、例えば「永遠」「夢」「幻」の類いではなくて、「鉛筆がある」とか、「誰かが立っている」とか、リアルなものと言えばいいかな、目で見えるもの、そういうものをきっちり描いた作品も本当はあってもいいはずなのに、それが少なくなってきている。
大串　私が心配しているのもそこです。しかし、現代はそういう傾向に流れていっている。それが時代なのかも分かりません。何回も言いますけども、一時代の現代詩の流れとそっくりです。大地を踏まえるとか、ものに即するとか、そういうのがだんだん俳句から薄れていくのは、ある意味でちょっと心配ですね。
復本　そういう中では、入選作４の「バーベル」の句なんかはそれに適《かな》っていますね。
大串　こういうのがもっとあっていいと思います。

宇多　ところが、句会では、「青く透く銀河」という言葉を使うと、「感覚が優れていますね」と言って、よい批評をされる、そういう句なのですよ。

復本　だからマイナスではない。

宇多　マイナスではない。おばあさん、おじいさんにはできないかもしれない。昔の文学青年、文学少女ならできるかもしれない。

復本　長時間にわたったご討議、ありがとうございました。これで終わります。

白熱した討論の中、進められる選考会。新型コロナウイルス感染防止のため、オンラインでの参加を交えた選考会となった。

入選作品

計56名、64作品が選ばれました。
同一作者の2作品目以降には★印を付けました。
各作品に若井新一氏の寸評を付けました。

藤澤香椎　北海道・旭川実業高等学校1年

温もりを牛からもらう冬の朝

牛舎での疲れを癒す冬銀河

自家製の雄鶏囲むクリスマス

一読して酪農家の感じだ。冬になると動物の温みは嬉しいもの。これは家畜でも、ペットでも共通している。朝の餌を与える際に、牛が作者に擦り寄って来たようだ。二句目は牛舎で働いてから、自宅へ帰り安らいでいる光景。北国の冬銀河は、さぞ美しいことであろう。また鶏も飼っており、家族仲良く暮らしている様子だ。

山本華央　北海道・旭川東高等学校3年

読みかけの入試要項居待月

短夜やフスの火刑の挿絵あり

ちゃぶ台の脚のシールや胡桃割る

居待月は旧暦八月十八日の夜の月で、かなり遅くなって月が出る。要項をよく見て志望校を決めようという状況か。熟慮して決断するようだ。二句目は夏の夜のこと。世俗化した教会を批判して火刑にあった宗教改革者フスの挿絵とは、世界史を勉強しているのかも知れない。胡桃を割る光景は、日常生活の一場面の活写である。

里舘園子　岩手・水沢高等学校3年

理科室の黒きカーテン風は春
潰れたる教科書の角春暑し
カッターで削る鉛筆春の暮

学校生活の中に、素材を求めての句作。理科室の黒いカーテンとは、光を遮断するためのものであろうが、春風に少し揺れているみたい。一体何の実験か興味津々。二句目は、扱い方が激しく、教科書の角が潰れたのをよく観照している。「春暑し」の季語がピッタリだ。鉛筆削り器を使わず、ナイフで削るとは若者らしい。

里舘園子　岩手・水沢高等学校3年 ★

卒業歌タクトは雲を動かして

卒業証書授与大股で一歩

ローファーは泥蹴散らして卒業す

高校卒業の場面を三句物した。卒業歌は音楽の先生がタクトを振っているのであろうが、タクトの先が雲を動かすとは、句作りに独自性がある。主観の表現は、第三者にも理解できる範囲がよいと鷹羽狩行は言う。このように、一つの季語でいろいろな句を作ってみるのも勉強になる。様々な季語で多作をし句作の幅を広げよう。

高橋朱音　岩手・水沢高等学校3年

監督の腕組みサイン春疾風
リズミカルなノックの音や春の夕
白のクレーン春空を突き上げる

三句ともカタカナが入る。春の疾風の中の監督の腕組みサインとは、実に格好がいい。もしかすると、作者は野球部のマネージャーかも知れない。ノックするのは勿論監督である。コロナ禍でも、世界のスーパースター大谷翔平選手を生んだ岩手県。郷土の誇りであろう。三句目の白いクレーンは珍しく、新鮮味を醸し出す。

小野寺羽奈　岩手・水沢高等学校2年

福耳にピアス穴あり青葉風

水溜まりの顔が歪んで蟇

水泳帽はずし人魚の髪となる

今も作句の手法の中心は「写生」である。三句はどれも写生を礎にしている。絵葉書的な写生ではなく、ポイントを掌握するとか付加価値を付けることにより、独自性が出ている。季語の使い方が巧く瑞々しい一句目。蟇も第三者を驚かせる歪みがある。人間の髪が人魚の髪に変わるとは凄い飛躍であり、若々しい感性だ。

菊地真帆　岩手・水沢高等学校2年

ふぞろいな茄子の輪切りや片思い
一面の向日葵我を咎めるか
夏雲はいつも私を置き去りに

切字「や」は上五の他に中七に使う場合もある。最初の句のおもしろさは上五、中七のひと固まりに切字を使い、「片思い」と離しての取り合わせで、勇気がある。茄子の不揃いの輪切りは、片思いの異性に対しての幽かな心の乱れか。二句目は主観を強めて真っ向勝負の感あり。最後の句は、哀愁と寂寥感が豊かに広がる。

櫻田樹里　岩手・水沢高等学校1年

片蔭の路上ライブや客二人
学芸会せりふは二行蛍とぶ
掃除する廊下の隅に蠅二匹

若い時は粋な事をしてみたい年代だ。真夏の路上でギターを弾いたり歌ったりは、さぞや楽しいことであろう。片蔭で演じているのは涼しさを感じさせる。エネルギーが溢れているので、聞き手は居なくても演奏して汗を振り絞るであろうが、それでは虚しさが残ってしまう。聞き手が僅かでもいるのは、随分勇気づけられる。

鈴木綾乃　岩手・水沢高等学校1年

玩具屋のガレージセール若葉風
夕焼けやシャッター街のコロッケ屋
新本のインクの匂いや秋近し

全体的にバランスがよい。派手なパフォーマンスはなく、カタカナ入りだが端正な詠み方。玩具屋は売れ残ったおもちゃを、自宅のガレージに並べ売るという珍しい光景だ。また、シャッター通りでも、コロッケ屋が商売になるとは意外性がある。新本のインクの匂いとは本物の書籍にもファンがおり、決して捨てたものではない。

横溝麻志穂

宮城・聖ウルスラ学院英智高等学校2年

新秋や真綿の雲は吹き出しに

鋭く書くベクトルの矢や星月夜

自粛の夏風呂の石けん痩せ細る

切れを意識した端正な句作り。一句目は峰雲の季節が過ぎ、秋へと移ったことを雲の形にて示す。吹き出しはパソコンなどでよく使い現代的である。ベクトルの矢を強く書くのは、作者の意欲と自信を示しており潔い。星月夜は遠近感があり広大だ。コロナ疫の自粛の日々だが石鹼は具体的であり、時事俳句にしないで済んだ。

金　真凜　秋田・秋田高等学校1年

ビー玉に夏の太陽とじこめた
かくれんぼ小蟹たわむる磯辺かな
岩清水真っ赤なトマトにかぶりつく

真夏の太陽は何者をも黙らせる力がある。その陽光を閉じ込めるとは、ビー玉も見直す必要がある。この柔軟性のある見方が、青春の頭脳なのだ。次句は実体験の強さで、決して思いつきでは作れない。三句目の岩清水は、岩の間から湧き出ているきれいな水で、温度は不変。浸けて冷たくなったトマトの美味さは如何《いか》ばかりか。

角崎良佳　秋田・秋田北高等学校1年

雲の峰「もういいかい」の声響く

白靴と初めて買ったイヤリング

「またおいで」繰り返す祖母夏帽子

口語を用いている。季語の下に軽い切れがある。「もういいかい」は、隠れん坊のシーンの象徴であり、夏休みの楽しそうな光景を連想できる。二句目は少女から乙女になってゆく瞬間を逃さず、大人への憧れがちょっぴり。最後の句は、祖母と孫との親しさをリアルに再現。口語を使っても軽々しくないのが特長。

志賀香成　福島・磐城高等学校3年

星空を呑み込んでいる春の泥

片蔭を抜けて迷子となりにけり

空蝉や忘れてしまった好きな歌詞

泥に対しては、大方不可解なところがあるイメージ。この句の場合は何か得体の知れない底深さがあり怖い。シャンデリアのような美しい星空を、いとも簡単に呑みこむ不気味な泥だ。片蔭を抜け出すと、目くるめく陽光が、人の感覚を狂わすかも知れないという不思議さを捉えた。三句目は季語の選択に秀でており虚しさを描出。

赤津百夏　茨城・並木中等教育学校6年

鬼事の声横切って夏燕

ブロック塀に手形大小水遊び

狐火や理科室のドア半開き

鬼事とは、たぶん「鬼ごっこ」のことであろう。燕が子供の遊びの世界に入って来たのが面白い。子らの声は賑々しいが燕は声もなく猛スピードで過ってゆく。が、無言ながら掲出句では貴重な一役を担っている。二句目は子供たちの楽しそうな様子を、ものに託して詠んだ。最後の作はドアの半開きが利いて怪しさがある。

吉野貴翔　群馬・高崎高等学校2年

水筒の残暑ゆつくり捨ててゐる
トラックの轍乾いてゐて藜
箱庭の端まで小石積む小石

水筒の中のぬるくなった水を残暑と捉えたところが面白い。直喩ではなく暗喩をこんなに巧みに使えるとは、実作に熱を入れて頑張っている。トラックの轍が乾いているとは舗装されていない道路で、藜は路傍にあるのだろう。箱庭の句は、小石のリフレーンがユニークだ。そのことにより小石が沢山あることの想定が容易だ。

篠原柚希　群馬・高崎北高等学校3年

遺書じみた創作ノート枯木立

寒の雨高架下のバイク錆ぶ

旅の道鬼灯を置手紙とす

全体的に些かの暗さが底を貫く。俳句は明るくてユーモアたっぷりばかりではない。五・七・五の17音の器を使い、いろいろなことを試すとよい。若い時にあらゆる可能性を追求し、大人になって志向する方向が固まれば結構なこと。今次句群では、二句目に感動した。錆びたバイクには、如何なる過去が秘められているか。

南　幸佑　東京・海城高等学校2年

囀やばらして運ぶドラムセット
半分は陽の当たりゐる春の泥
木の芽冷雲重なれるひとところ

ロックかジャズのバンドのドラム担当。囀りの下で分解し、ドラムセットを運び出す。これから次の公演会場へ移る。例えば「キャラバン」のような曲ならドラマーの腕が問われる。二句目の泥は底知れない感じがするので、句材に使ってみたいのであろう。陰と陽のコントラストに味がある。三句目は正統的な自然詠で風格十分。

南 幸佑　東京・海城高等学校2年 ★

涅槃図の虎の小さくなつてをり

蛇穴を出づ晩年の子規に髭

朧夜やふふめば温きビスケット

この方は二組入選。涅槃図は釈迦入滅の光景を描く。北枕の釈迦の他に畜類まで、嘆きの姿が描かれている。象や猫はよく句材に取り上げられるが、虎の句は初めてだ。小さく描かれているのが眼目。二句目だが、蛇穴を出るのと子規の髭の関係が遠く見える。三句目の朧夜とビスケットのふんわり感はうまい取り合わせだ。

佐伯直輝　東京・開成高等学校2年

クレーンに小さき部屋や薄暑光
蛇口やや水を湛へて揚羽蝶
月極の文字の薄れて額の花

……………………………………………………

確かにクレーン車には、ガラスを巡らせた小さい部屋がある。そこに座して、オペレーターは陽光を浴びつつ存分に機械を操る。薄暑光がポイントであり、閉ざされた一坪足らずの部屋の中でジワリと汗が滲む。蛇口は上を向いているかも。表面張力で溜まっている水道水の近くを揚羽蝶がよぎる。蝶はこの水を舐《ねぶ》りたいのだ。

鈴木宏明　東京・開成高等学校2年

終点の先は蜩ばかりなり

トンネルを抜けて西瓜の大地かな

山道へバッグの列や雲の峰

全体的にバランスの良い端正な句が並ぶ。句材の量も表出も過不足がない。終点で降車し、その後は自宅へと向かう作者の後ろ姿が見える。道すがら聞く蜩の声は儚さと透明感や哀感がある。隧道《ずいどう》を抜けると一気に明るい西瓜畑。西瓜畑には花火の尺玉のような実がゴロゴロと転がり圧巻だ。三句目は山の上に峰雲が聳《そび》え立つ。

永井蒼太郎　東京・武蔵野大学附属千代田高等学院2年

夕焼けに消えゆく雲や進路室

サボテンの棘に雫や西日射す

水溜まりの病葉踏んで夢を見る

進路指導の相談か。教師を待つ間窓の外を見遣ると、夏の夕焼け空を見渡すことができる。そこに千切れ雲が吸い込まれてゆく動きのある景観。進路指導の先生へ話そうとする内容は決定したか。句中で言い尽くしていないのが魅力。サボテンは棘だらけだが、花は淡紅で美しく優しい。如雨露でのサボテンへの水掛けは意外。

石田楓香　東京・雪谷高等学校3年

高三のリュックはパンパン夏の空

ベッドでのリモート授業はお手のもの

大人への階段登った初選挙

高校三年生ともなれば、進学や就職のことで頭の中はいっぱいであろう。背中のパンパンのリュックには心理的な負荷もかかる。リュック姿で山へでも登り、気分転換することも考えてみよう。コロナウイルスは人類を圧迫している。が、リモート授業にも順応力があるのは若さがある。二句目三句目と季語がなく無季俳句だ。

五十畑優希　東京・雪谷高等学校1年

ハーモニー無人のホール響かせる
マスク越し薫る夏風心浮く
画面越し会えぬ友人寂しくて

一句目と三句目は季語がない。そういう作り方もあるが、多くの人は俳句のことを季節の詩だと思っている。季語の持つ力に頼らない作り方だから、有季定型の作品以上のものを醸すような、懸命な努力が求められる。冒頭の句は、コロナ疫の三密を避ける様子であろう。ハーモニーが観客のいないホールに響くとはいと哀れ。

神谷茉子　神奈川・神奈川大学附属高等学校1年

引き出しの桃の封筒まだ無傷

気まずいなゆずった空席汗拭う

久々の帰省に祖父がアラビア語

　桃の絵が描いてある封筒か。絵や絵手紙や写真にある桃の絵は季語にはならない。絵や写真の「桃」は一年中変わることがなく、使うと無季俳句。「桃」が季語になるのは、本物の植物の実だけ。二句目の気まずいとは、席を譲ったのに高齢者がそこに座らなかったのかな。社会的には立派な行為なので、汗を拭いつつも堂々と。

魚地妃夏　神奈川・慶應義塾湘南藤沢高等部2年

秋暑し豚の水晶体つまむ

秋風や解剖ばさみをただ洗う

暮の秋白衣には錆色の染み

二組入選しており頑張っている。一句目は生物の科目での解剖の時間であろう。豚の水晶体とは眼球に纏《まつ》わるものである。解剖の鋏の句と並べると、一層連想がしやすい。このまま頑張れば、将来医師か獣医になれそうな気がする。解剖の終わった晩秋に、白衣を纏《まと》っている立ち姿が見えてくる。錆色の染みとは貴重な発見だ。

魚地妃夏　神奈川・慶應義塾湘南藤沢高等部2年 ★

春荒や消しゴム真っ二つに折れ

定規とは十年の仲春の雲

夏近し青のインクを詰め替える

次の三句は打って変わり、学校内か自宅でのデスクのこと。春荒は春嵐ともいうが四音なので、切字の「や」を使うことが可能。この切字は一呼吸間を生じさせ、句のスケールを大きくし且つ深みが滲み出るので、今後も大切にしたい。二句目。物を大切にする人のようだ。最後はインクの青と夏空の青とが絹糸一本で繋がる。

海部　花　神奈川・慶應義塾湘南藤沢高等部2年

自転車にサーフボードを乗せた夏
オンショアの白けた海は朝凪へ
風呂で見るリーシュコードの日焼け跡

一句に一つずつカタカナあり。海浜をよく知っている感じの、若さが羨ましい。三句ともサーフィン絡みの作で、若者の夏は太平洋側での波乗りに尽きるという印象だ。「オンショア」は海から陸への風。陸から海へ吹く「オフショア」がサーフィンに適する。三句目の「リーシュコード」はサーファーの命綱、その日焼け跡。

宮田悠冬　神奈川・法政大学第二高等学校3年

高架下遠足前の保育園

桜桃忌多摩川をのぼるボート部

夏草を踏むのは自転車アスファルト

名詞で始まり名詞で止めた三句が並ぶ。最初の句は、保育園のある場所が高架の下というと、都会的で少し窮屈な感じ。動詞を用いないので、うまい具合に狭さを出せた。玉川上水での太宰治の入水自殺から七十四年が過ぎた。今し、何事もなかったかのようにボート部は活動。五・八・四と定型から外しており破調ということだ。

岡本伊万里　神奈川・横浜翠嵐高等学校3年

風船を座らせている乳母車

緑道に清掃員や肩に花

夏草や小径を来たる猫車

昨年も入選している実力派。俳句はどうすれば上達するかという問いに「お止めにならないことです」と、虚子が言ったというのは有名な話だ。多作と継続力があればきっといつか大輪の花が開くであろう。自分のことではなく見える範囲の中で、過不足なく詠んでいる。飾ることもなく淡々と詠むが、ポイントは確と押さえる。

落井源真　福井・武生高等学校3年

制服のほつれも愛し卒業式
新品のトランプ嗅いでみる日永
通学路この木も桜だったのか

体験することを見逃さない。三年間の高校生活は同じ制服で通したのであろう。エネルギーに溢れる青春時代。同行の制服も、さすがに草臥《くたび》れて解《ほつ》れが見える。制服の最後の日は愛着と寂寥感が綯《な》い交ぜになっている。新品のトランプは春休みに使ってみたか、解放感が漂よっている。桜の美しさを愛でる余裕もなかなか良い。

荒井かな子　長野・長野清泉女学院高等学校3年

揚茄子の色鮮やかに夕餉かな

囀や花屋の前の水たまり

月光と交信してる蝸牛

若人の中では、比較的切字を大切にしているようだ。日常生活に句材を探している。人事ばかりではなく、自然界を見つめる視線をも大切にする人だ。茄子は元来艶やかだが、揚げれば油分が付くので更に輝き、楽しそうな夕餉となる。二句目は静かだが、取り合わせのバランスがよい。二本の角で月光と交信する蝸牛は滑稽。

池田愛羅　長野・長野清泉女学院高等学校3年

唇に当てて清水の柔らかき
ローファーの裏まで迫る大暑かな
夏の星ツンと鼻奥痛くなる

一句目と三句目は感覚優先の趣がある。真ん中の句は具象が強く、凛々しい感じ。一句目、唇が柔らかい故に冷たい清水が柔らかくなったように感じるのは、若々しい感性があるから。若い時しかできない句というものはあるので、それを大事にしたい。ローファーという現代的な履物の裏にまで、大暑が迫るのも意外性あり。

池田愛羅　長野・長野清泉女学院高等学校3年★

雲間から天使の光小鳥来る

透る空透る囀り深呼吸

風に乗る紙飛行機や卒業歌

入賞の二組目。取り合わせが得手のよう。素材を離してのびやかに、スケールを大きく詠んでおり眩しい。天使の光とは、太陽光線か小鳥飛行のもたらした残像であろうか。「透る」という動詞を繰り返す。視覚と聴覚を使い分けており、細かい所にまで気配りをしている。紙飛行機と卒業歌は、詠まれた所が分かりにくい。

大日向愛良　長野・長野清泉女学院高等学校3年

春泥をひらりスケートボードかな
夏の星目に焼き付けて書く星座
一滴の清水のような言霊よ

スキーやスケートなどは体力勝負の一面もあり、五輪でメダルを取るのは至難の業。がスケートボードのような小回りの利く種目なら、日本人は得意であろう。春泥を見事に躱して頑張る作者の姿。一層スキルアップを。二句目の「焼き付けて」の使い方は新しい。夏の青い光の星を、焼き付けると熱そうに言いつつ涼感を出す。

小林 蓮　長野・長野清泉女学院高等学校3年

呼び捨てで呼ばれ振り向く宵祭

気まぐれな君に愛されてるバナナ

生食パン黴ぬ仏映画の寡黙

日常生活は勉学が中心で大変であろうが、楽しいこともまた沢山ある。日常の何でもないことの中に詩的な句材を見つけるのは、長く俳句を作り続ける為のキーポイントだ。人生山あり谷ありで、谷が長く続くとスランプになる。俳句を詠む時に、宵祭やバナナを食する際のことなどを句にし、新しい句作の道を開いている。

梶川胡桃　岐阜・済美高等学校2年

円陣の声がかき消す蝉時雨

夏の夜の家路空水筒三個

亡き祖父を思い出す「つ」の字の胡瓜

俳句は写真と似ている。ここぞという一瞬を捉える。材料の良し悪しを選択し、平凡な作にしないこと。あれもこれもと詰め込まずに吟味し、余計なものは省略するのだ。作者はそれを理解している。二句目は活用語がない。動詞はなくても句はできる例だ。最後の句は滑稽味。胡瓜の「つ」は、棚よりも地面に這わせた時に多く生る。

矢島隆史　岐阜・済美高等学校1年

炭酸や校庭駆ける夏の夕

鉄棒すまわる血豆と旱空

書き捨てた恋の雨氷はまだ溶けぬ

炭酸はサイダーからムネ。トラックを何周もして走力を身に付ける。健康的な汗を流した跡の炭酸飲料ほど美味いものはない。陸上のみならず鉄棒もやるとは、運動神経が発達しているようだ。運動と恋は高校生くらいになると、誰もが少なからず経験すること。好きな子の名前をどこに書いたかは、原句を見ても不明である。

岡田千佳　岐阜・吉城高等学校2年

板の間を裸足で過ごす祖母の家

卯の花の怒濤のごとし天の川

ひと夏を生きてかろしや蝉の殻

夏休みの充実感を、余すところなく再現。学習もクラブ活動も大切であるが、長い休みなので、時には解放感を味わうことも肝要。祖母の家にて裸足で過ごすのは、安心して己を曝け出せる証だ。二句目の夜の卯の花は珍しい。〈あらうみや佐渡に横たふ天の川〉の句が心の奥にあるか。三句目は命を持たない空蝉に命を認識。

遠藤 晴　静岡・静岡商業高等学校3年

春昼や十年先に着く手紙

春風に便箋の端めくられて

空ビンを拾って手紙入れる初夏

三句はどれもタイムカプセルに纏《まつ》わる。十七歳の乙女の時に書いた手紙を、大人になった二十七歳の時に開けて読もうという企画に、読者の共鳴度は高まる。今し、その文を認めている便箋の端を、春風が捲ろうとする。書いた手紙を空き瓶に入れて保管し、十年後に封を開く。若かりし己に如何なる感想をもつか興味津々である。

岡村優也　静岡・静岡商業高等学校3年

川沿いを選んで帰る立夏かな

シャツの袖まくっただけの更衣

宵の口サウナへ行きて汗をかく

待望の夏が訪れた。初夏は盛夏と違いそんなに暑くはなく、一年中で最も過ごしやすい季節だ。初夏の風を浴びつつ、川沿いを歩けばさぞ気分は爽快であろう。長袖を捲ると七分袖のようなシャツの長さだが、それをもって更衣とは瑞々しい見方だ。最後はサウナ風呂。若者でも使うとは、団塊の世代の人間には隔世の感あり。

山内海生　静岡・静岡商業高等学校3年

水筒が午前で空に夏に入る
更衣もう着られないMサイズ
汗拭い夕餉の味噌汁作る母

種目は知らないがクラブ活動か。立夏の頃から気温は高まり喉が渇く。水筒が午前中で空になるとは、スポーツか勤労か定かではないが、エネルギーを発散している証左だ。Mサイズが駄目だとは、大人の体に近づき喜ばしい。きっと心が満たされていることであろう。労働の姿も句材になり、懸命に動く母に感謝をしている。

渡邉美愛　愛知・旭丘高等学校2年

雨雲は去り空っぽの金魚鉢

風鈴を仕舞う母の背ばかり見て

十六の夏もう来ない夏終わる

　一句目はやや飛躍が激しい。取り合わせに意外性がある。本音は何か熟慮が必要な作品だ。梅雨が開けたので、金魚鉢には金魚を飼育し、晩夏を楽しみたいのかも知れない。秋の風鈴の哀愁も捨てがたいが、母は夏の終わりに風鈴を片付ける几帳面な人。また十六歳の夏は終わっても、次は十七歳の夏があるから心配は無用。

樅山さくら　愛知・安城高等学校1年

桜舞い校門彩るランドセル

受験生行列をなし神頼み

春の空はなれるきみへ手をふった

俳句を作る時は、いろいろな物事に関心をもつこと。プロの俳人でさえ、秀吟を生み出すには四苦八苦する。今回の三句は、その点生活の中から生まれており、背伸びをしていないのが魅力的である。受験生の神頼みの光景を、笑ってはならない。「きみ」とは女性が親しい男性へ手を振る光景であろうか。所作がとても初々しい。

中村颯汰　愛知・豊橋西高等学校2年

流木も人も等しく夏の果て
砂浜に五指はっきりと裸足かな
波来れば足跡きえる夏の果

風姿の良い句を作れる人だ。事柄よりも、「もの」を優先するというのが俳句の基本的な作り方。つまり「もの」で確と骨組みをして、心の中は第三者に連想して貰う方法である。他人に連想する余地を存分に残しておくこと。すると読者は、深読みの喜びがある。三句とも晩夏の寂寞感が表出された。流木も流転し旅の最中。

山田真滉　愛知・名古屋高等学校1年

蕎麦の花貨物列車の通過かな

初紅葉白衣乱れた研修医

秋風や洗濯鋏拾う母

貨物列車が素早く通過してゆく。蕎麦の花の白さと貨物の黒さとが、白黒のコントラストを描く。俳句は俳諧の発句を正岡子規が独立させ、「俳句」と名付け今日に到る。作句方法は、友人の西洋画家中村不折の「写生」からヒントを得て、俳句にも「写生」を取り入れた。今次、蕎麦の花と貨物の色のコントラストは見事だ。

鈴木亜怜　愛知・明和高等学校3年

鉛筆の掠れる音や冬に入る

春深し誰にも媚びぬ犀の角

冬林檎あの子に電話する勇気

聴覚に鋭敏な人という第一印象である。たかが鉛筆の走る音なのだが、そんなことまで句材にして、立冬の季節感を出そうというのだから、俳句に向いている人の範疇に入るのは間違いあるまい。顔面に尖って反る犀の角は男性的で格好いい。一本だからこそ、ポイントになるのだ。媚を売らず孤高の哲学者や芸術家のようだ。

網谷菜桜　三重・高田高等学校3年

夏雲や単線の踏切を抜け

太陽を追う向日葵の上り坂

自転車の高さですれ違う蜻蛉

田舎を全面に押し出しての三句だ。地方は何かというと不便であり、大都会の人に対して気後れしやすい一面もある。が、俳句の世界では自然に恵まれ句材は豊富。山間地の環境を、羨ましく思う人も多数いる。鄙《ひな》で頑張って貰いたい。今回の三句は高低差や遠近感があり立体的。単線の踏切を抜ける時は、自転車を連想した。

網谷菜桜　三重・高田高等学校3年　★

ガット張り替えれば初夏の合図
初陣を終えサイダーの苦みかな
テニスボール追う夏果てのコートまで

二組目の入選だ。三句はみんなカタカナを入れて、新鮮さを出している。ガットとは、テニスのラケットのことであろう。夏になると、ガットを張り替えるという部活の習慣があるのか。張り替えてインターハイを目指す。初めての戦いを終えてサイダーが苦いのは、苦汁を嘗めたのだ。「まで」は部活動引退の時期か。

乾　岳人　京都・洛星高等学校3年

一年生上がって下がる言葉尻
秋の暮れ祖母から我の名前出ず
山眠る隣の部屋で祖母眠る

一句目は部活の時の下級生の言葉遣い。先輩には語尾を下げるという気配り。二句目三句目は衰えた祖母の様子を再現。老化は好ましくないが、可愛がってくれていた祖母から孫の名が出ないという虚しさに遭遇した。信じ難いことだが現実なのだ。外では山々が眠りについており、作者の隣室では高齢の祖母が静かに眠る。

伊藤琹奈　京都・洛南高等学校2年

甘たるき飴しみじみと彼岸かな

長編を読む日曜や冬めけり

初雪や豆挽く音にスマホ閉じ

俳句は「季語」と「切字（切れ）」の太い二本柱で持っている。作者は切れあってこその俳句、ということをよく理解し、実行に移している。彼岸は春と秋の二度ある。そのうち春は「彼岸」秋は「秋彼岸」という。作者の句は三月の彼岸のことで、「甘たるき」が季節感を出す。他の二句は初冬。切字の使用により間が生じた。

冨嶋大晃　京都・洛南高等学校1年

秋立つや体操服の泥払ふ

涼新た子犬きゆるると鳴きにけり

山道を抜けて帰郷の爽気かな

極めて真面目な句群。体操着の泥とは、グラウンドが雨で湿っていたのであろう。一生懸命運動をする最中のワンシーン。普通格好良いところを詠みたがるものだが、陰りの部分を詠んでみようという心意気が頼もしい。子犬の鳴き方の擬態語が新しい。帰郷とは、日頃親元を離れて寮生活か。「帰省」とすれば季重なりになる。

金城真凜　大阪・高槻高等学校1年

連れてこいレモン畑に夏の月
水蜜に蠅の舌這う夏の暮れ
稲穂らと夕日の道を歩みおり

一句目の命令形が強烈である。ハンマーパンチを繰り出している割には重苦しくない。誰に命令しているのか釈然としない点に、滑稽を感じるのであろう。二句目はトリビアルな見方をしている。が、この細やかな観察力は、今後の作句時に大切だ。三句目は人間と植物の稲穂が、行動を共にしているようであり、とても瑞々しい。

原口来瞳　兵庫・武庫荘総合高等学校2年

風薫る教科書はらり山月記

帰り道へこむ頭上に朧月

夜の秋微睡む祖父に掛け布団

「はらり」とは一体どんな場合かを暫し考えた。教科書が下へ落ちたのなら「どたん」という感じであろう。季語が「風薫る」なので、風にて一枚捲られたとの結論に至った。このように擬態語は結構難しい。二句目の凹《へこ》む頭上も、場面の連想がなかなかできなかった。三句目は素直に詠めており、祖父への優しさが伝わる。

宮下夏澄　徳島・阿南工業高等専門学校1年

制服を幾度も纏う入学前

梅雨明けし着慣れた制服着崩して

卒業後綻ぶ制服別れ告げ

制服という句材の三句。題を出しそれだけで詠んでみるのは、己を鍛えるのに役立つ。何回も着たり脱いだりし、袖の長さは、スカートの丈は如何《いか》か等を、女性なら姿見で確かめることであろう。男性なら洗面所か玄関先の鏡で姿を確かめる。四カ月もすると、着慣れるので普段着感覚になる。高専なら五年後には解《ほっ》れも出よう。

越智夏鈴　愛媛・今治西高等学校2年

省略の激しく文字の秋思かな

心臓と対話すバレンタインデー

粉雪の肩をひそかに愛しをり

もしかすると、俳句のことを言っているかも知れない。俳句というジャンルに省略は必須である。「謂応《いい》せて何か有《ある》」と芭蕉は『去来抄』にて教えている。言い尽くさないで広がる世界が俳句の良いところ。激しいと読者は理解できない可能性もあり、そこが難しい所。複雑な心中を詠もうとする時に、「秋思」の季語は相応しい。

越智夏鈴　愛媛・今治西高等学校2年　★

菜の花や釣人眠りこけてをり

集落の空家にひろく彼岸花

受験生とさかのような寝ぐせで来

入選の二組目。今度は平明な表出を心掛けている。「客観写生」の句は鬼面人を驚かせるようなことを言わず、納得させる確率が高くなる。但《ただ》し、先人が詠んでいないような新しさを求めないと、平凡で終わるという危険性もあり、そこには気を付けたい。俳句は文芸であり、文芸は新しさを欲する。一句目には情趣がある。

越智夏鈴　愛媛・今治西高等学校2年　★

オカリナの三重奏や新樹光

黄砂ふる沈没船の見つかる日

冬めくや優等生がしゃべりだす

直球、変化球などいろいろと操れる方で、三組も入選している実力派。オカリナは宗次郎の演奏を聞いたことがあるが、三重奏は初めて知った。切字を使い映像に立体感あり。季語が明るいと、読者も開放感に浸れる。黄砂は春で、沈没船は軍艦か。参考句を挙げよう。〈「大和」よりヨモツヒラサカスミレサク〉川崎展宏。

森岡七海　愛媛・宇和島東高等学校1年

夏祭り手を握られて痛かった
手を翳すひこうき雲に秋の影
青空を静かに背負う案山子たち

高校生になったばかりで、これから青春を存分にエンジョイできる。俳句は繰り返すが省略の文芸。全部言わず言い残すところに、深読みできるおもしろさが含有される。誰に手を握られたかは、我々読み手が想像すればよい。「秋の影」という季語は初見だが、造語か。案山子が青空を背負うとは、説得力があり滑稽がある。

坪田陽菜　愛媛・済美平成中等教育学校5年

帰つてくるなと笑ふ暑き祖母
もうそんなに食べられない祖母の夏
私より小さき祖母と化粧する

祖母のみを詠んだ人事句。句は自然詠、自然と人事の折衷、人事詠と大別できる。若いうちは様々詠んでみて、最終的には独自色が出せれば最善。「帰ってくるな」との祖母の言葉の真意は何か。孫と会えば誰だって嬉しい筈だから冗談か。二句目は食欲の落ちた祖母を悲しむ孫の心中。三句目は小さくなる祖母への哀愁を描く。

宇都宮駿介　愛媛・松山東高等学校2年

新しきあだ名を愛す夏の果
秋風や下校の坂に友の待つ
秋風や竹刀のしなり感じつつ

新しいあだ名を付けられたとか。怒り出すのは凡人に過ぎない。宇都宮さんは怒ることもなく、寛大な心でその名を享受しており、まさに大人の風格である。このような懐の広い人は将来リーダーになれる器であろう。二句目は、坂によって凡作を免れている。秋風と竹刀の撓《しな》りは、微妙なところでイメージが繋がり感覚が鋭い。

田中遼弥　福岡・修猷館高等学校3年

買ふつもりなき本買うて菜種梅雨

天と地のつながるごとく蝉時雨

ファミレスのクーポン五枚走り梅雨

一句目と三句目は本人が主人公となっている人事句。買うつもりもないと言いつつも買ってしまった。些かなる悔いを、決して表に出さないところが凄い。このことは俳句では最も大切であり急所だ。「喜怒哀楽」を出さないよう、確と肝に命じておこう。三句目はコロナ疫が裏側にある。二句目は天地のうち合う所での大景。

田中遼弥　福岡・修猷館高等学校3年 ★

Last winter you've said
"Sorry, I went a bit too far."
Now you're faraway.

Frozen my shadow.
There'd be no rules to follow
in the long time flow.

With a little thrill,
we'll always have this spring hill.
No, only I will.

英語の俳句が登場した。アタックする高校生のパッションに拍手。愁いを含ませて柔らかく丁寧に詠む。全て季語を入れて作ろうという大和魂に敬意を表する。謝りつつ、去ってしまった女の友人。次は人影が凍ることは決まりがなく心は漂泊。三句目は緊張感を持ち春の丘の景観を共有するが、実は私が佇むのみと幻想を断つ。

安和音南　沖縄・興南高等学校2年

半ズボン三男坊の足白し
百円の虫籠首に木を眺む
枝豆に伸びたる父の手の広し

子供と父を句材にして三句詠んだ。半ズボンを穿いているのは三男坊のみ。何故足が白いのであろう。幼くて兄達のように日焼けするような遊びをしないかも。答えは読者が探すこと。沖縄も百円ショップがあるか。そこで買った虫籠を首に、虫を取ろうとする様子が蘇る。三句目、枝豆を摑もうとする父の大きな手が焦点。

平安莉久　沖縄・興南高等学校2年

凪ぐ昼の江戸風鈴に雲の色

木犀やひとしく並ぶ子の寝息

陸の人つぎつぎ減りぬ流燈会

正統的な詠み口の句だ。ガラス製の風鈴で昭和四〇年頃から「江戸風鈴」と呼ばれ今日に到っている。きっと積雲などが映っているのであろう。木犀の香りの漂うところで、子供たちが寝息を立てている健康的な風景を再現。流燈会では盂蘭盆会の最後の夕方精霊舟や灯籠を沖へ流す。人々が自宅へ帰るのは当然だが何故か寂しい。

団体優秀賞

岩手県　水沢高等学校

東京都　海城高等学校

長野県　長野清泉女学院高等学校

団体奨励賞

岐阜県　済美高等学校

福岡県　筑紫高等学校

神奈川県　湘南白百合学園高等学校

一句入選作品

3句1作品としての入選には到らなかったものの、
光った123句を「一句入選」としました。

片折れの菜箸愛す夜寒かな
小野寺弘泰
北海道・札幌西高等学校3年

夏休み部屋に一人の姉想う
川村健太郎
青森県・三本木高等学校1年

夏の露届かなかった初勝利
葛西麟太郎
青森県・弘前高等学校2年

二匹目のふんぞり返っている鯛焼き
新谷桜子
青森県・弘前高等学校2年

七並ぶナンバープレート風光る
川村奈々
岩手県・花巻北高等学校2年

手の甲のメモかすれおり花曇
里舘園子
岩手県・水沢高等学校3年

板チョコの斜めに割れて四月馬鹿
里舘園子
岩手県・水沢高等学校3年

冬時雨灰皿に沈む菓子のゴミ
菅原羽美
岩手県・水沢高等学校3年

マスクにも裏表あり冬落葉

菅原羽美
岩手県・水沢高等学校3年

空蝉や畑に壊れた掘削機

髙橋朱音
岩手県・水沢高等学校3年

卒業や後輩へ手渡すホルン

高橋咲
岩手県・水沢高等学校3年

翡翠や絶対音感の妹

阿部なつみ
岩手県・水沢高等学校2年

星月夜物置小屋の望遠鏡

阿部なつみ
岩手県・水沢高等学校2年

夜の秋母にブランケットかけなおす

鈴木綾乃
岩手県・水沢高等学校1年

緊張を見抜く目線は冬の月

大坊千宥
岩手県・盛岡第三高等学校1年

黴の部屋古い教科書積み上げて

横溝麻志穂
宮城県・聖ウルスラ学院英智高等学校2年

新涼の始発電車や新書読む
横溝麻志穂
宮城県・聖ウルスラ学院英智高等学校２年

教科書の余白にとまる夜の蠅
横溝麻志穂
宮城県・聖ウルスラ学院英智高等学校２年

除光液におわせて夏逝かせけり
佐々木藍里
秋田県・秋田高等学校１年

雷鳴のたびに音速思う梅雨
渡部穂香
福島県・葵高等学校１年

パレットでかるくまぜたい夏の空
志賀香成
福島県・磐城高等学校３年

制服の釦付け替え新学期
佐伯つぐみ
茨城県・下館第二高等学校２年

ソプラノに交じるバリトン囀れり
佐伯つぐみ
茨城県・下館第二高等学校２年

コロナ禍の地上飛び立つ帰雁かな
増渕 馨
茨城県・下館第二高等学校２年

夏の夜や隣の家の笑い声
新井仁海
群馬県・伊勢崎興陽高等学校1年

ねむる子のよだれを拭いてゐて残暑
武　元気
群馬県・高崎高等学校3年

ひさびさに神になる日よ祭笛
清水一澄
千葉県・芝浦工業大学柏高等学校3年

炎天下汗と涙を吹き飛ばす
魯　欣
東京都・上野学園高等学校1年

部屋の隅この前買ったアロハシャツ
平田倖暉
東京都・大泉高等学校2年

こめかみに跡を残したサングラス
青田寛史
東京都・海城高等学校2年

海鳴は大鯖雲の遥かより
関　友之介
東京都・海城高等学校2年

卒業証書貰ふ諸手の遠くあり
南　幸佑
東京都・海城高等学校2年

回想はスローモーションそして雪

南　幸佑
東京都・海城高等学校2年

来客の素顔を知りぬ竈猫

鈴木宏明
東京都・開成高等学校2年

船すべて沖に出払ひ茄子の紺

鈴木宏明
東京都・開成高等学校2年

擦り傷を讃へるやうに蝉時雨

中川　収
東京都・開成高等学校2年

弔ひのひかりの水脈よ夏果てぬ

山崎勇獅
東京都・開成高等学校2年

遠い夏祖母と鳴らしたラムネ瓶

小川紗奈
東京都・国士舘高等学校2年

久々の来客窓辺にクロアゲハ

藤田洋子
東京都・白百合学園高等学校3年

子のごとく背負いしギター炎天下

近藤　舞
東京都・豊島岡女子学園高等学校3年

夕潮や麦わら帽のきしむ音

中原妃華里
東京都・豊島岡女子学園高等学校2年

ここからは別の世界へ曼珠沙華

井上茉美
東京都・目黒学院高等学校3年

雨音で心曇らす走り梅雨

長澤結依
東京都・目黒学院高等学校3年

母の袖ハンドバッグに姿変え

金森遥菜
東京都・雪谷高等学校3年

油絵の中の茄子の腐りけり

丹羽隆樹
東京都・立教池袋高等学校3年

秋麗人いつも人を許さず

野口大清
東京都・立教池袋高等学校3年

ドーナツの穴に夏空とじ込めて

杉浦拓隼
東京都・立教池袋高等学校2年

バス代を浮かす一歩一歩に梅雨

辻村幸多
東京都・立教池袋高等学校1年

新築の壁のつぺりとクリスマス
辻村幸多
東京都・立教池袋高等学校1年

ものさしを栞に使ふ晩夏かな
辻村幸多
東京都・立教池袋高等学校1年

靴擦れに絆創膏を冬送る
三宅爽太
東京都・立教池袋高等学校1年

宿題と夏の終わりは見ないふり
髙山桃花
神奈川県・足柄高等学校2年

イヤホンの音掻き消すは蝉時雨
小川楓加
神奈川県・小田原高等学校1年

花が咲く内緒話の盛夏かな
大澤美晴
神奈川県・金井高等学校2年

くせっ毛のとび出る水泳帽のふち
魚地妃夏
神奈川県・慶應義塾湘南藤沢高等部2年

長靴で入道雲をおしつぶせ
大澤徳花
神奈川県・湘南白百合学園高等学校3年

私だけ電車の中で汗垂れる
本間美帆
神奈川県・湘南白百合学園高等学校3年

くっついて姉妹みたいなさくらんぼ
野口莉瑚
神奈川県・相洋高等学校1年

文学に成り損なったレモネード
長﨑和登
神奈川県・法政大学国際高等学校3年

彼岸餅容器に輪ゴム掛ける音
岡本伊万里
神奈川県・横浜翠嵐高等学校3年

新人の飛球ふらふら初嵐
渡部愛華
長野県・屋代高等学校1年

牽牛花リモート授業の目の疲れ
岩佐流生
岐阜県・鶯谷高等学校3年

八月のZOOM画面のにきびかな
長村磨侑
岐阜県・鶯谷高等学校1年

バーベキュー最後は祖母の塩むすび
長谷川佳奈
岐阜県・済美高等学校3年

吾を母の名で呼ぶ祖母春炬燵

宮本明佳
岐阜県・吉城高等学校3年

仏間の香鼻でかぎつつ昼寝かな

岡田千佳
岐阜県・吉城高等学校2年

もろこしを両手で摑みかぶりつく

岡田千佳
岐阜県・吉城高等学校2年

更衣オーバーシャツが風はらむ

見城和音
静岡県・静岡商業高等学校3年

海水を弾丸とする水鉄砲

渡邉美愛
愛知県・旭丘高等学校2年

笹舟に乗せた鈴蘭今どこに

細井翠月
愛知県・安城高等学校3年

くるぶしの下から白き夏の果て

井口涼太
愛知県・安城高等学校2年

夏草や曽祖父の腰曲がりけり

岩切こころ
愛知県・岡崎東高等学校1年

羽揺らす二匹の蜻蛉池の上
岩切こころ 愛知県・岡崎東高等学校1年

満月や手の鳴るほうへ走る我
河合風芽 愛知県・岡崎東高等学校1年

涼風の鳥居をくぐる宵のうち
難波晴菜 愛知県・幸田高等学校2年

足元に凛凛しいすがた蜥蜴かな
平松果林 愛知県・幸田高等学校2年

囀や川沿いの街ぶらり旅
山本結貴 愛知県・幸田高等学校2年

千軍の石楠花踏みし会津の地
朝倉佑斗 愛知県・東郷高等学校1年

面一本しなる竹刀の夏稽古
松岡優太 愛知県・名古屋高等学校1年

秋めきて線路は海へ曲がりたる
網谷菜桜 三重県・高田高等学校3年

星月夜庭先に自転車五つ

網谷菜桜
三重県・高田高等学校3年

行く秋や鳥居に大き傷ひとつ

網谷菜桜
三重県・高田高等学校3年

雪晴れて真っ直ぐなレールに継ぎ目

網谷菜桜
三重県・高田高等学校3年

空蝉の軽さワクチンが怖い

加藤萌々子
三重県・高田高等学校3年

国境とわからず越ゆる冬昴

伊藤栞奈
京都府・洛南高等学校2年

川底のよく見えてゐる遅日かな

山本泰己
京都府・洛南高等学校2年

蚊柱やチャャリ道中の河川敷

川名一成
大阪府・大阪星光学院高等学校1年

キャンバスに描く青空夏帽子

神﨑実乃莉
大阪府・桜塚高等学校1年

桜の木見上げる君に見惚れてる
水谷早希
大阪府・明浄学院高等学校1年

立春や綾なす糸は個々の岐路
丸山日奈子
兵庫県・関西学院高等部1年

太陽と君の笑顔が挟みうち
大平煌生
兵庫県・神戸大学附属中等教育学校4年

もくもくと夏への期待雲高く
原田奈都子
兵庫県・神戸大学附属中等教育学校4年

マスクつけ老いも若きもIT化
松﨑日和
兵庫県・神戸大学附属中等教育学校4年

国道二号線蛞蝓のぬとぬとぬとと
岡村無双
兵庫県・灘高等学校3年

弟は恋知る前や雪柳
勝田羅沙
兵庫県・灘高等学校3年

セーラーの白は眩しく君の朝
青木日向子
兵庫県・市立西宮高等学校2年

おさなごにハサミ振り上げもくずがに

太田梨歩
兵庫県・雲雀丘学園高等学校1年

地車の先頭取り合い走る夜

恒松日菜
兵庫県・雲雀丘学園高等学校1年

蝉だけが頭の中で騒いでる

福田悠貴
兵庫県・雲雀丘学園高等学校1年

夏真昼響く乾いたテニス球

軽井真祐子
奈良県・育英西高等学校2年

上ぐつが少し小さい休み明け

山下綾彩
奈良県・育英西高等学校2年

噴水や熊谷四十度の子たち

飛田喜紀
和歌山県・桐蔭高等学校3年

顎紐の伸びた小さな夏帽子

山本剛祐
和歌山県・桐蔭高等学校3年

ベランダで麦茶つぐ手にふと触れたし

祐源実里
島根県・松江農林高等学校1年

悪い事したのか向日葵こうべたれ

福光結菜
岡山県・山陽学園高等学校2年

花冷や窓にもたれて離陸せり

尾上純玲
山口県・徳山高等学校3年

囀やすれ違う人みんな知人

尾上純玲
山口県・徳山高等学校3年

シーグラスひと月前のポケットに

伊藤彩乃
山口県・徳山高等学校2年

かなかなを重ねてゆけば一つ星

大迫悠真
山口県・徳山高等学校1年

縁側で白玉食す昼下がり

福田裕吾
山口県・徳山高等学校1年

山笑うスカーフの結び目緩し

増野月麦
山口県・徳山高等学校1年

無花果へ嘴すっと突き刺さり

越智夏鈴
愛媛県・今治西高等学校2年

薫風や包帯取れたばかりの手
越智夏鈴
愛媛県・今治西高等学校２年

床に落つ絵の具混ざって春の闇
坪田陽菜
愛媛県・済美平成中等教育学校５年

夏の風ドミノ倒しの教科書棚
二宮駿介
愛媛県・松山南高等学校１年

ガラス越しマスク越しでも笑ってる
宮原佳子
福岡県・輝翔館中等教育学校４年

ゆらゆらと水面に映る盆提灯
谷　春花
福岡県・鞍手高等学校１年

春日傘握りなほしてあのパンへ
田中遼弥
福岡県・修猷館高等学校３年

くびすじのほくろとほくろで星座をつなぐ
伊藤嘉歩
長崎県・純心女子高等学校２年

丁寧に足をたたんで夏座布団
白鳥はる
熊本県・一ツ葉高等学校２年

夏空が携帯電話の底沈む

小宮颯人
沖縄県・N高等学校2年

凄まじき月光を浴びただひとり

二宮心優
沖縄県・興南高等学校2年

ゴーグル越しの霞む太陽夏の海

平安莉久
沖縄県・興南高等学校2年

応募高校一覧（三四四校）

【北海道】旭川実業高等学校／旭川東高等学校／池田高等学校／大空高等学校／長万部高等学校／釧路工業高等学校／札幌北高等学校／札幌新陽高等学校／札幌西高等学校／札幌白陵高等学校／静内高等学校／札幌旭丘高等学校／函館西高等学校／北嶺高等学校／北海道三笠高等学校／留萌高等学校

【青森県】青森西高等学校／三本木高等学校／三本木農業恵拓高等学校／十和田工業高等学校／八戸工業高等専門学校／八戸工業大学第一高等学校／八戸商業高等学校／弘前高等学校／弘前学院聖愛高等学校／むつ工業高等学校

【岩手県】花巻北高等学校／水沢高等学校／盛岡第三高等学校

【宮城県】石巻西高等学校／クラーク記念国際高等学校 仙台キャンパス／聖ウルスラ学院英智高等学校／仙台高等学校／東北学院高等学校／古川学園高等学校

【秋田県】秋田高等学校／秋田北高等学校／秋田西高等学校／能代科学技術高等学校

【山形県】酒田光陵高等学校／長井高等学校

【福島県】葵高等学校／安達高等学校／磐城高等学校／福島西高等学校／本宮高等学校

【茨城県】茨城高等学校／S高等学校／下館第二高等学校／常総学院高等学校／第一学院高等学校高萩本校／大成女子高等学校／多賀高等学校／東海高等学校／並木中等教育学校／八千代高等学校／結城第二高等学校

【栃木県】足利清風高等学校／佐野日本大学高等学校／白鷗大学足利高等学校
【群馬県】伊勢崎高等学校／伊勢崎興陽高等学校／太田女子高等学校／桐生高等学校／桐生第一高等学校／高崎高等学校／高崎北高等学校／高崎健康福祉大学高崎高等学校／高崎女子高等学校／前橋高等学校／前橋商業高等学校
【埼玉県】浦和実業学園高等学校／大宮高等学校／開智高等学校／川口北高等学校／栄東高等学校／坂戸ろう学園／狭山ケ丘高等学校／淑徳与野高等学校／星槎学園高等部　大宮校／獨協埼玉高等学校／星野高等学校／細田学園高等学校
【千葉県】市川高等学校／君津商業高等学校／クラーク記念国際高等学校 柏キャンパス／佐倉西高等学校／芝浦工業大学柏高等学校／成田北高等学校／船橋芝山高等学校／松戸南高等学校
【東京都】足立東高等学校／上野学園高等学校／穎明館高等学校／江戸川女子高等学校／青梅総合高等学校／鷗友学園女子高等学校／大泉高等学校／大崎高等学校／大妻中野高等学校／海城高等学校／開成高等学校／開智日本橋学園高等学校／学習院女子高等科／鹿島学園高等学校　練馬キャンパス／葛飾野高等学校／吉祥女子高等学校／暁星高等学校／清瀬高等学校／錦城高等学校／慶應義塾女子高等学校／国士舘高等学校／さくら国際高等学校　東京校／品川翔英高等学校／十文字高等学校／女子聖学院高等学校／白梅学園高等学校／白百合学園高等学校／杉並学院高等学校／杉並総合高等学校／創価高等学校／田柄高等学校／玉川学園高等部／田園調布学園高等部／東京高等学校／東京藝術大学音楽学部附属音楽高等学校／東京工業大学附属科学技術高等学校／東京都市大学等々力高等学校／東

京都市大学付属高等学校／東洋英和女学院高等部／豊島岡女子学園高等学校／豊多摩高等学校／二松學舍大学附属高等学校／羽村高等学校／広尾学園高等学校／藤村女子高等学校／府中東高等学校／文京学院大学女子高等学校／瑞穂農芸高等学校／稔ヶ丘高等学校／三輪田学園高等学校／武蔵野大学附属千代田高等学院／武蔵村山高等学校／明法高等学校／目黒学院高等学校／雪谷高等学校／立教池袋高等学校／早稲田大学高等学院

【神奈川県】麻生高等学校／麻布大学附属高等学校／足柄高等学校／小田原高等学校／金井高等学校／神奈川総合産業高等学校／神奈川大学附属高等学校／鎌倉女学院高等学校／川崎高等学校／クラーク記念国際高等学校 横浜キャンパス／慶應義塾湘南藤沢高等部／光明学園相模原高等学校／相模女子大学高等部／シュタイナー学園高等部／湘南高等学校／湘南白百合学園高等学校／新城高等学校／逗子高等学校／清心女子高等学校／生蘭高等専修学校／相洋高等学校／立花学園高等学校／日本大学藤沢高等学校／藤沢翔陵高等学校／法政大学国際高等学校／法政大学第二高等学校／横浜共立学園高等学校／横浜氷取沢高等学校／横浜商科大学高等学校／横浜翠嵐高等学校／横浜雙葉高等学校／吉田島高等学校

【新潟県】東京学館新潟高等学校

【石川県】飯田高等学校／金沢大学人間社会学域学校教育学類附属高等学校

【福井県】武生高等学校／福井商業高等学校

【山梨県】甲府商業高等学校／甲陵高等学校／都留興譲館高等学校／日本航空高等学校／日川高等学

校／山梨高等学校／吉田高等学校
【長野県】さくら国際高等学校／長野清泉女学院高等学校／長野西高等学校／屋代高等学校
【岐阜県】鶯谷高等学校／加茂高等学校／岐阜東高等学校／郡上北高等学校／済美高等学校／多治見西高等学校／飛騨神岡高等学校／吉城高等学校
【静岡県】加藤学園高等学校／静岡学園高等学校／静岡北高等学校／静岡商業高等学校／清流館高等学校／知徳高等学校／沼津中央高等学校／浜松城北工業高等学校／浜松日体高等学校／富士東高等学校
【愛知県】阿久比高等学校／旭丘高等学校／熱田高等学校／渥美農業高等学校／安城高等学校／岡崎東高等学校／蒲郡高等学校／刈谷高等学校／菊里高等学校／幸田高等学校／桜台高等学校／東海南高等学校／東郷高等学校／豊川高等学校／豊橋西高等学校／名古屋高等学校／南山高等学校／藤ノ花女子高等学校／明和高等学校／豊野高等学校
【三重県】高田高等学校／みえ夢学園高等学校／四日市西高等学校
【滋賀県】大津高等学校
【京都府】京都教育大学附属高等学校／向陽高等学校／城陽高等学校／日星高等学校／峰山高等学校／洛星高等学校／洛南高等学校
【大阪府】生野支援学校高等部／大阪教育大学附属高等学校平野校舎／大阪星光学院高等学校／大阪青凌高等学校／北千里高等学校／クラーク記念国際高等学校　大阪梅田キャンパス／桜塚高等学校／

精華高等学校／高槻高等学校／富田林高等学校／布施高等学校／明浄学院高等学校

【兵庫県】 県立伊丹高等学校／関西学院高等部／賢明女子学院高等学校／神戸大学附属中等教育学校／神港橘高等学校／長田高等学校／灘高等学校／市立西宮高等学校／雲雀丘学園高等学校／武庫荘総合高等学校

【奈良県】 育英西高等学校／香芝高等学校／奈良工業高等専門学校／西大和学園高等学校

【和歌山県】 近畿大学附属和歌山高等学校／新宮高等学校／桐蔭高等学校

【島根県】 松江農林高等学校

【岡山県】 井原高等学校／岡山県美作高等学校／岡山操山高等学校／岡山芳泉高等学校／山陽学園高等学校

【広島県】 安芸府中高等学校／盈進高等学校／可部高等学校／賀茂北高等学校／並木学院高等学校／広島市立広島中等教育学校／広島新庄高等学校／広島みらい創生高等学校

【山口県】 田布施農工高等学校／徳山高等学校／萩光塩学院高等学校／萩商工高等学校／柳井学園高等学校／柳井商工高等学校／山口県桜ケ丘高等学校

【徳島県】 阿南工業高等専門学校／脇町高等学校

【香川県】 善通寺第一高等学校／高松第一高等学校

【愛媛県】 今治西高等学校／今治西高等学校伯方分校／宇和島東高等学校／済美高等学校／済美平成中等教育学校／新居浜工業高等専門学校／新田青雲中等教育学校／松山中央高等学校／松山東高等学

校／松山南高等学校／松山南高等学校砥部分校
【高知県】高知商業高等学校
【福岡県】糸島高等学校／輝翔館中等教育学校／鞍手高等学校／修猷館高等学校／上智福岡高等学校／筑紫高等学校／中間高等学校／東福岡高等学校／北筑高等学校／北海道芸術高等学校　福岡サテライトキャンパス／三池工業高等学校／八女高等学校
【佐賀県】早稲田佐賀高等学校
【長崎県】海星高等学校／佐世保西高等学校／純心女子高等学校／聖和女子学院高等学校／長崎西高等学校
【熊本県】菊池女子高等学校／熊本工業高等学校／一ツ葉高等学校
【大分県】大分豊府高等学校／日本文理大学附属高等学校／日田三隈高等学校／楊志館高等学校
【鹿児島県】鹿児島情報高等学校／樟南高等学校／屋久島おおぞら高等学校
【沖縄県】N高等学校／興南高等学校／昭和薬科大学附属高等学校／那覇国際高等学校／西原高等学校

あとがき

第二四集となります『17音の青春　２０２２』をお届けします。

本年度よりＷＥＢ応募を開始したこともあり、応募作品数、応募校数ともに過去最多となりました。初参加校もぐっと増えて、俳句を身近に感じられる高校生が増えたのでしたら大変嬉しく思います。

応募作品の中には、コロナ禍によって変更を余儀なくされた生活を詠んだものもたくさんあり、どんなことも新しい句材としてしまう皆さんを頼もしく思いました。日常の喜びや悲しみ、辛さを一句に昇華させるのは簡単なことではありません。だからこそ俳句は面白いのかもしれません。来年度もたくさんのご応募をお待ちしております。

学校法人　神奈川大学広報委員会
https://www.kanagaw-u.ac.jp/

選考委員　宇多喜代子（読売俳壇選者）
大串 章（朝日俳壇選者・俳誌「百鳥」主宰）
恩田侑布子（俳人・文芸評論家・樸《あらき》俳句会代表）
長谷川 櫂（朝日俳壇選者）
復本一郎（神奈川大学名誉教授・国文学者・阿《あ》俳句会代表）

賞　【入賞】

- 最優秀賞（5作品）　賞状・奨学金5万円・記念品
- 入選（65作品程度）　賞状・図書カード

※このほか、応募していただいた作品の中から、一句のみの入選として、「一句入選」を設け、優秀作品集に収録します。

【団体賞】

- 団体優秀賞（3校）賞状・記念品
- 団体奨励賞（3校）賞状・記念品

結果発表　2022年12月中旬に入賞者（最優秀賞、入選）・団体賞受賞高校（団体優秀賞、団体奨励賞）に通知します。

その他　入賞・その他の作品については、作者名とともに優秀作品集『17音の青春』をはじめ、年賀状ソフト『筆ぐるめシリーズ（入選作品以上）』・ホームページ・雑誌・新聞等に掲載します。

▶お問い合わせ先
神奈川大学広報事業課「全国高校生俳句大賞」係
〒220-8739　横浜市西区みなとみらい4-5-3
TEL 045-664-3710（代）　FAX 045-682-5554
専用HP https://www.kanagawa-u.ac.jp/haiku/

第25回　神奈川大学全国高校生俳句大賞
募集要項

テーマ　詩型・季語・切れなどにとらわれず、あなたの感性で自由に綴ってください。部活・友情・スポーツ・勉強・受験・恋愛・家族。そして、自然・平和・政治・生命・宇宙……。

応募条件　高校生

※応募作品は、本人が創作した未発表の日本語作品に限ります。他に発表した作品は認められません（書籍／インターネット／SNS等の発表も含む）

※著作権違反や虚偽記載があった場合は賞を取り消します。

※応募作品は返却いたしません。

※応募作品の著作権は、学校法人神奈川大学に帰属します。

応募方法　募集要項またはホームページからご応募ください。

※募集要項は2022年5月上旬に完成予定です。

※一応募につき必ず三句一組としてご応募ください。三句に満たないものは無効です。

※一人何通でも応募できます。

※高校での一括応募も受け付けております。

※収集した個人情報は本大賞の円滑な運営のために使用し、責任をもって管理します。

応募締切　2022年9月5日（月）必着

17音《おん》の青春《せいしゅん》 2022

五七五《ごしちご》で綴《つづ》る高校生《こうこうせい》のメッセージ

2022年3月2日　初版発行

編　者　学校法人《がっこうほうじん》 神《か》奈《な》川《がわ》大学《だいがく》広報《こうほう》委《い》員会《いんかい》

発行者　石川 一郎

発　行　公益財団法人 角川文化振興財団

〒359-0023　埼玉県所沢市東所沢和田 3-31-3
ところざわサクラタウン　角川武蔵野ミュージアム
電話　04-2003-8716
https://www.kadokawa-zaidan.or.jp/

発　売　株式会社 KADOKAWA

〒102-8177　東京都千代田区富士見 2-13-3
電話　0570-002-301（ナビダイヤル）
https://www.kadokawa.co.jp/

印刷所　旭印刷株式会社

製本所　牧製本印刷株式会社

装丁・本文デザイン　國枝達也
カバーイラスト　大宮いお
DTP　アメイジングクラウド株式会社

ISBN978-4-04-884469-7 C0092 Printed in Japan